JIAN

1 · CEUX DE LA MONTAGNE

Dessin
LUDOVICA CEREGATTI

Scénario
FRÉDÉRIC MAFFRE

Storyboard
JULIEN MAFFRE

Couleur
DENIS BÉCHU & JULIEN MAFFRE

Aplats
BASTIEN BAZAR, JESSICA "M. RICCI" GARROT & THOMAS "PÉPITOM" LAVAUD

LE LOMBARD
BRUXELLES

Merci Félix, Frédéric et Julien de m'avoir
invitée dans cette magnifique aventure !
Et à Daniel d'avoir toujours été à mes côtés.
LUDOVICA CEREGATTI

Merci au comité de lecture, Laura, Cyril,
Jean-François, François et Caroline.
Merci à François Le Bescond, Malo Kerfriden
et Roberto Ricci.
FRÉDÉRIC MAFFRE

Merci à Thomas, Jessica et Bastien
pour le renfort de dernière minute.
JULIEN MAFFRE

Direction artistique
Éric Laurin

Conception graphique
Tony Derbomez

*Cet album a été imprimé sur du papier
issu de forêts durables, selon un système sûr
et transparent qui permet de suivre le flux
de bois depuis la forêt jusqu'au consommateur.*

Certifié PEFC
Ce produit est issu de forêts gérées durablement et de sources contrôlées
PEFC
PEFC/07-31-234
www.pefc.org

Première édition

D/2025/0086/095
ISBN 978-2-8082-1141-3

Dépôt légal : avril 2025
Achevé d'imprimer en mars 2025.
Imprimé et relié en Belgique par DELABIE S.A.,
Z.I. La Martinoire, Boulevard de l'Eurozone 9,
7700 Mouscron.

LES ÉDITIONS DU LOMBARD
7, AVENUE PAUL-HENRI SPAAK
1060 BRUXELLES - BELGIQUE

WWW.LELOMBARD.COM

480 APRÈS JÉSUS-CHRIST.
QUELQUE PART DANS LES PYRÉNÉES.

C'EST POUR MANGER ?
SI VOUS AVEZ DE LA PLACE.
CHOISISSEZ LA TABLE.
UFFF.
C'EST POUR BIENTÔT ?
DEUX OU TROIS SEMAINES.
VOUS NE DEVRIEZ PAS VOUS REPOSER ?
PAS VRAIMENT LE CHOIX. DU PAIN ET DU FROMAGE ÇA IRA ?
CE SERA TRÈS BIEN, MERCI.
VOUS SAVEZ S'IL Y A DU TRAVAIL DANS LA RÉGION ?
QUEL GENRE ?
DES HOMMES D'ARMES, OU DES GARDES DU CORPS.
HA HA !
J'AI DIT QUELQUE CHOSE DE DRÔLE ?
PAS VRAIMENT, MAIS ÇA M'ÉTONNERAIT QU'ON VOUS EMBAUCHE.
ET POURQUOI DONC ?

PARCE QUE TU ES UN VIEUX AVEC UN OEIL EN MOINS.
PARCE QUE ÇA C'EST PAS UN HOMME.
ET QUE ÇA C'EST PAS UNE ARME.
FRANCHEMENT, À QUOI IL PENSAIT LE FORGERON QUI A FABRIQUÉ CE CURE-DENTS ?
JIAN.
PAS DE SANG VERSÉ.
HA!
PAS DE SANG VERSÉ QU'IL DIT...
ALLEZ MON ENFANT...
MONTRE-NOUS CE QUE TU SAIS FAIRE.

?!!
WHAM!
S...
SALE...
GAAAHH...
VLOF
ARR!!!
??
HÉ!

CRAC
AOW!!
THUMP
?!!
WOSH
RAHHH!!!
TU VAS VOIR !
HUMPF !
GAAHHH!!
AAAH!!!
TCHAK

WOSH
WHAM!
BLONK
AAHH!!
CRAC!!
AAAA...
SHLORPF
CLIC

POUR LE DÉRANGEMENT.
PARDON.
C' EST MOI.
?!

J'AVAIS DIT "PAS DE SANG VERSÉ".
JE M'ENNUYAIS, ET IL S'EN REMETTRA.
JE SAIS CE QUE JE FAIS, PÈR...
?!
WHAM
SPLASH
GAAAKK!!
KOF KOF
NE CONFONDS PAS CONFIANCE ET ARROGANCE.

MAINTENANT QUE J'AI TON ÉPÉE, QUE PEUX-TU CONTRE MOI ?
PAS DE SANG VERSÉ, J'AI COMPRIS.
SLASH
WHACK
WOSH
WHAM
WHOK
WHACK!
POC!
AOW!
AAH...
AAAHH...
RAAHH!!
RESTE CALME. RÉFLÉCHIS.
SI NOUS VOULONS NOUS FAIRE EMBAUCHER DANS LA RÉGION, NOUS DEVONS PROUVER QUE NOUS SOMMES DES GUERRIERS, PAS DES BRUTES SANS CERVELLE.
IL FAUT DONC QUE...
TU M'ÉCOUTES ?

JE NE SUIS PAS ARMÉ.
L'AUBERGISTE M'A RACONTÉ CE QU'IL S'EST PASSÉ. VOUS N'Y ÊTES PAS ALLÉS DE MAIN MORTE.
ILS S'EN SONT PLUTÔT BIEN TIRÉS.
QUE VEUX-TU ?
IL PARAIT QUE VOUS CHERCHEZ DU TRAVAIL.
JE SUIS JOHANN, FILS D'ARBOGAST, VOUS ÊTES ICI SUR SES TERRES.
NOUS AVONS BESOIN DE COMBATTANTS.
ÇA VOUS INTÉRESSE ?

ATTIUS... C'EST UN NOM LATIN. LÉGIONNAIRE ?
IL Y A LONGTEMPS.
VOUS AVEZ GARDÉ LA COTTE DE MAILLES.
C'EST UNE BONNE PROTECTION.
ON RACONTE QUE L'EMPIRE S'EST ÉCROULÉ, DÉFINITIVEMENT CETTE FOIS.
PEUT-ÊTRE QUE L'AVENIR APPARTIENT À DES GENS COMME TOI, JE NE PENSAIS PAS VOIR DE HUN UN JOUR.
TU ES BIEN HUN ?
PAR SA MÈRE.
C'EST LÀ UNE ARME FORT INHABITUELLE.
PUIS-JE LA VOIR ?
NON.
AH. TU N'AS PAS TORT.
POURQUOI CHERCHEZ-VOUS DES COMBATTANTS ?
... NOUS SOMMES UNE TERRE D'ÉLEVAGE, NOS BERGERS ARPENTENT LA MONTAGNE POUR FAIRE PAÎTRE LEURS TROUPEAUX.
TROIS D'ENTRE EUX ONT ÉTÉ RETROUVÉS MORTS NOYÉS CES DERNIÈRES SEMAINES.
DES BRIGANDS ?
LA RÉGION EST PAUVRE, LES VOLEURS NE S'ÉTERNISENT PAS.

QUELQU'UN DU CRU ALORS ?
NOUS NE SOMMES PAS PLUS D'UNE CINQUANTAINE DANS LA VALLÉE, ICI TOUT LE MONDE SE CONNAIT. LÀ ENCORE CE SERAIT FORT ÉTONNANT.
À CE STADE J'ESPÈRE JUSTE QUE CE N'EST PAS UN DRAC.
UN ?
NON, RIEN.
QUOI QU'IL EN SOIT LES GENS ONT PEUR. NOUS DEVONS AGIR.
NOUS SOMMES DES COMBATTANTS, PAS DES ENQUÊTEURS.
C'ÉTAIT AUSSI LE CAS DES MERCENAIRES QUE NOUS AVIONS ENGAGÉS.
QUE SONT-ILS DEVENUS ?
VOUS LES AVEZ ROSSÉS À L'AUBERGE.
FAUTE DE CONCURRENCE, VOUS ÊTES NOTRE MEILLEURE OPTION.
JE NE SAIS PAS SI...
UN SOLIDUS D'ARGENT TOUT DE SUITE, CINQ DE PLUS SI NOUS TROUVONS LE COUPABLE.
SI DANS UNE SEMAINE NOUS N'AVONS RIEN TROUVÉ, NOUS PARTIRONS.
VOUS N'ÊTES PAS DONNÉS.
NOUS SOMMES VOTRE MEILLEURE OPTION, VOUS L'AVEZ DIT.
NON ?

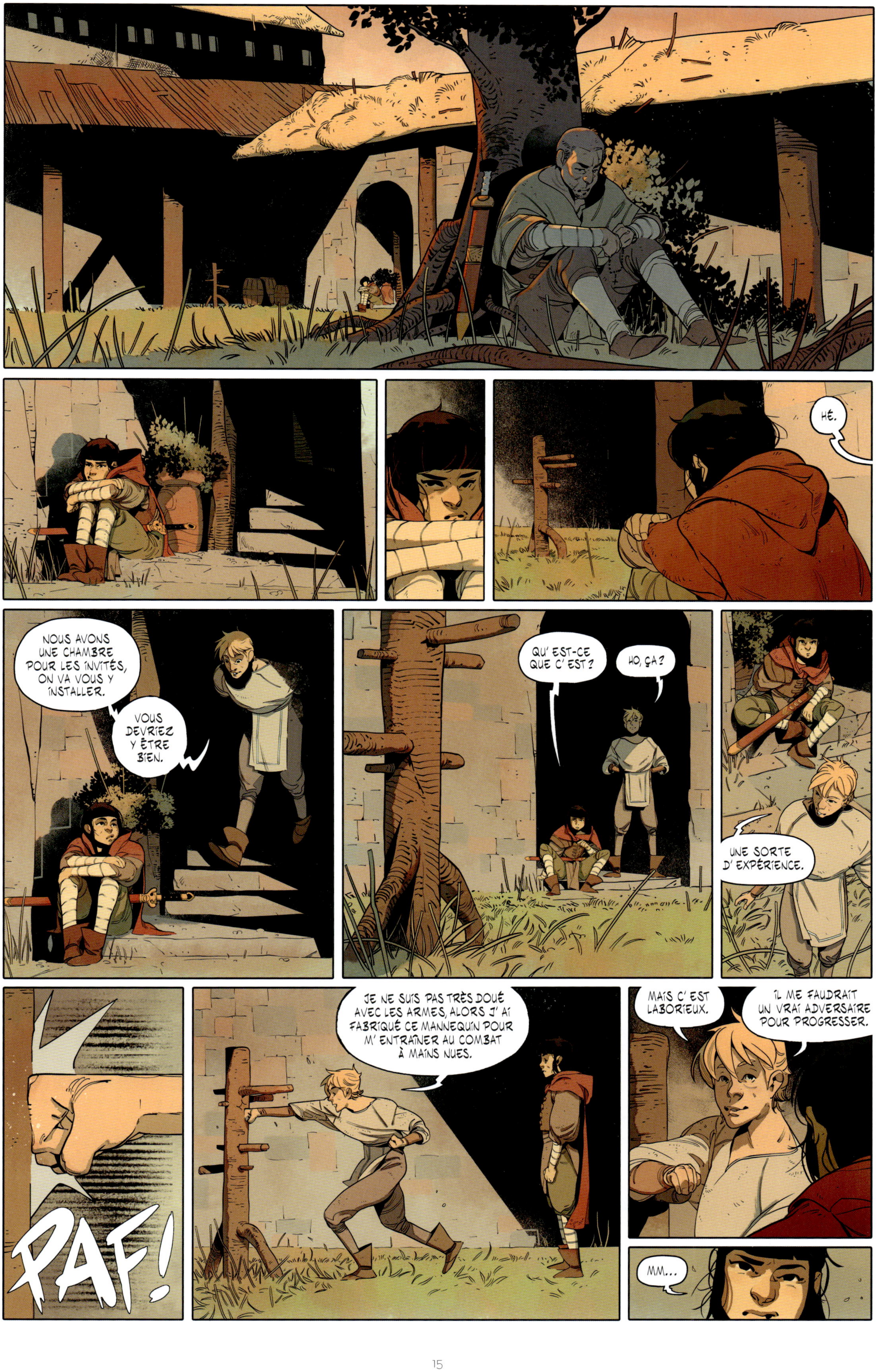
HÉ.
NOUS AVONS UNE CHAMBRE POUR LES INVITÉS, ON VA VOUS Y INSTALLER.
VOUS DEVRIEZ Y ÊTRE BIEN.
QU'EST-CE QUE C'EST ?
HO, ÇA ?
UNE SORTE D'EXPÉRIENCE.
PAF !
JE NE SUIS PAS TRÈS DOUÉ AVEC LES ARMES, ALORS J'AI FABRIQUÉ CE MANNEQUIN POUR M'ENTRAINER AU COMBAT À MAINS NUES.
MAIS C'EST LABORIEUX.
IL ME FAUDRAIT UN VRAI ADVERSAIRE POUR PROGRESSER.
MM...

WHACK !
?!!
AOW!! POURQUOI ?!
JE CROYAIS QUE TU CHERCHAIS UN VRAI ADVERSAIRE.
ALORS VIENS APPRENDRE TA LEÇON.
WOSH
WOSH
?!!
TAK!
TAK
WHACK!!
WHACK
IMPÉTUEUSE JEUNESSE.
NOUS DEVIONS ÊTRE SEMBLABLES À LEUR ÂGE.
PEUT-ÊTRE MÊME PIRES.
MON NOM EST LÉANDRE, JE SUIS PISTEUR.
PISTEUR?

ARBOGAST A PARLÉ D'UN DRAC. C'EST UN ANIMAL QUE NOUS CHERCHONS ?
C'EST PLUS COMPLIQUÉ QUE ÇA, ET NOUS N'EN ARRIVERONS SANS DOUTE PAS LÀ.
MAIS VOUS DEVRIEZ VOUS REPOSER, LA JOURNÉE SERA LONGUE.
SEIGNEUR.
MERCI D'AVOIR MIS DU PAIN SUR NOTRE TABLE ET UN TOIT AU-DESSUS DE NOS TÊTES.
MONTRE-NOUS LE CHEMIN VERS TON ROYAUME.
ET DONNE-NOUS LA FORCE D'AFFRONTER LE MAL SOUS TOUTES SES FORMES.
AMEN.
AMEN.
ENFIN UN VRAI LIT.
ÇA NE DURERA PAS.
TU L'AS DIT TOI-MÊME, NOUS REPARTONS D'ICI UNE SEMAINE.
JE SAIS, MAIS PARFOIS JE ME DIS QUE NOUS DEVRIONS QUITTER CETTE VIE.
TU DIS ÇA À CAUSE DE CE JOHANN ?
POURQUOI ME PARLER DE LUI ?
VOUS AVEZ L'AIR DE BIEN VOUS ENTENDRE.

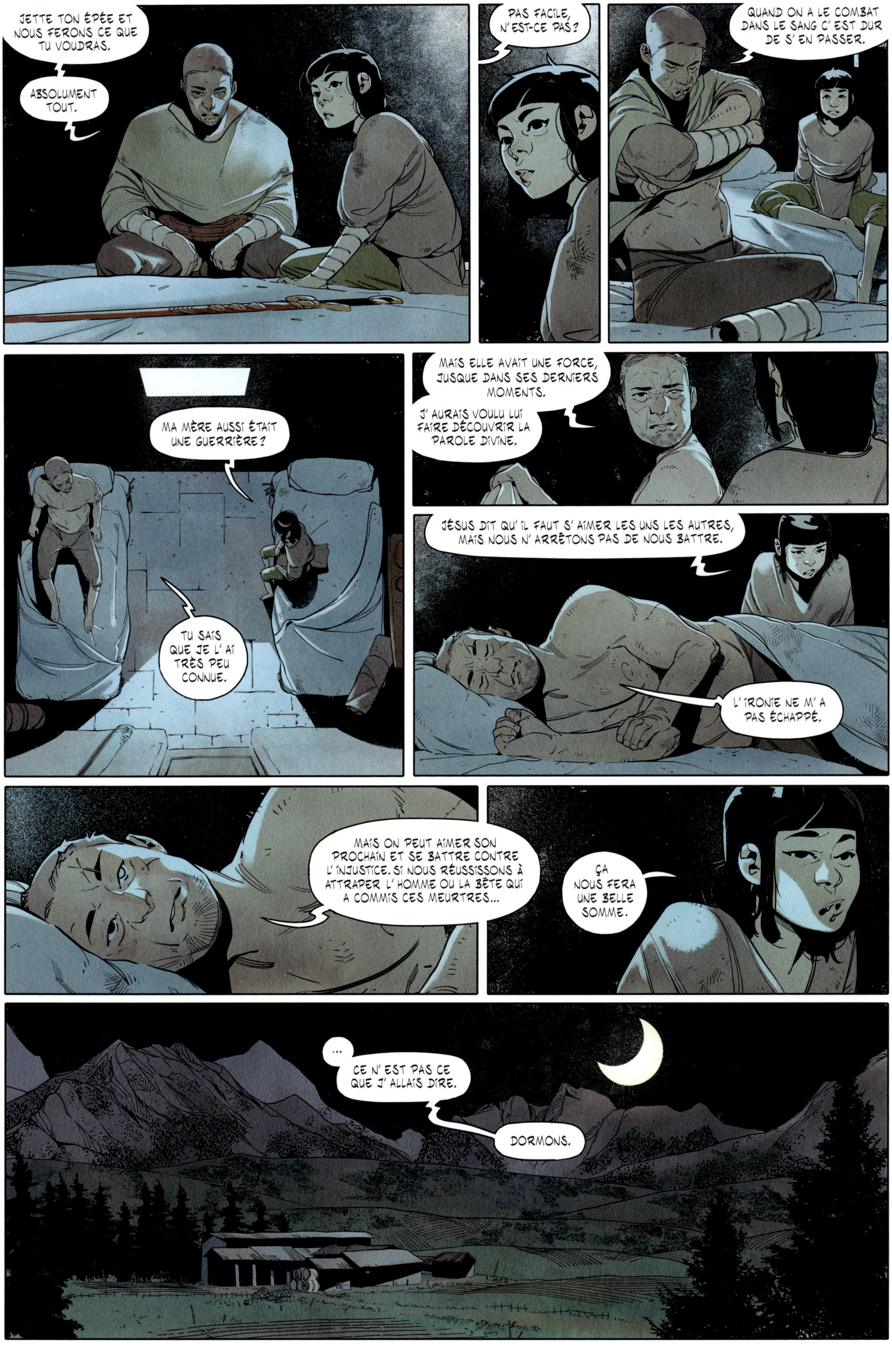
JETTE TON ÉPÉE ET NOUS FERONS CE QUE TU VOUDRAS.
ABSOLUMENT TOUT.
PAS FACILE, N'EST-CE PAS ?
QUAND ON A LE COMBAT DANS LE SANG C'EST DUR DE S'EN PASSER.
MA MÈRE AUSSI ÉTAIT UNE GUERRIÈRE ?
TU SAIS QUE JE L'AI TRÈS PEU CONNUE.
MAIS ELLE AVAIT UNE FORCE, JUSQUE DANS SES DERNIERS MOMENTS.
J'AURAIS VOULU LUI FAIRE DÉCOUVRIR LA PAROLE DIVINE.
JÉSUS DIT QU'IL FAUT S'AIMER LES UNS LES AUTRES, MAIS NOUS N'ARRÊTONS PAS DE NOUS BATTRE.
L'IRONIE NE M'A PAS ÉCHAPPÉ.
MAIS ON PEUT AIMER SON PROCHAIN ET SE BATTRE CONTRE L'INJUSTICE. SI NOUS RÉUSSISSONS À ATTRAPER L'HOMME OU LA BÊTE QUI A COMMIS CES MEURTRES...
ÇA NOUS FERA UNE BELLE SOMME.
...
CE N'EST PAS CE QUE J'ALLAIS DIRE.
DORMONS.

ET C'EST ARRIVÉ ICI.
VOILÀ.
ROSTAN A ÉTÉ ATTRAPÉ ET PLONGÉ DANS LA RIVIÈRE, ON A RETROUVÉ SON CORPS EN AVAL.
TU AS PU VOIR QUELQUE CHOSE ?
NON, J'AI ÉTÉ FRAPPÉ PAR DERRIÈRE ET JE ME SUIS COGNÉ LA TÊTE CONTRE UNE RACINE.
MAIS IL ÉTAIT RAPIDE, TROP POUR ÊTRE UN HOMME.
C'EST UN DRAC, HEIN ?
C'EST TROP TÔT POUR LE DIRE, MAIS NOUS TROUVERONS CELUI QUI A FAIT ÇA.
ALLONS-Y.

TEOBALD A RAISON, C' EST PROBABLEMENT UN DRAC.
JE SUPPOSE QUE CE N' EST PAS UNE PERSONNE.
ET SI CE N' EST PAS UN ANIMAL...
C' EST UN DÉMON.
PAR DÉMON TU ENTENDS...
J' ENTENDS UN DÉMON.
UN ÊTRE MALÉFIQUE AUX POUVOIRS MAGIQUES.
LA MONTAGNE REGORGE DE CRÉATURES QUE VOUS NE POUVEZ IMAGINER.
EN GÉNÉRAL ELLES SE TIENNENT TRANQUILLES, MAIS LES CHOSES SE DÉGRADENT D' ANNÉE EN ANNÉE.
...
...TU NE ME CROIS PAS.
JE RÉSERVE MON JUGEMENT.
MAIS TU ES CHRÉTIEN. TON DIEU N' AFFRONTE-T-IL PAS DES DÉMONS?
QUE SAIS-TU DE MON DIEU?
DES CHOSES ET D' AUTRES, JE N' AI RIEN CONTRE LUI.
ET LE TALISMAN À TON COU?
ÇA? C' EST UN CADEAU DE MA FILLE, ELLE EST TRÈS DOUÉE DE SES MAINS.
ON PEUT ÊTRE PAÏEN SANS ÊTRE SUPERSTITIEUX.
QUOI QU' IL EN SOIT, NOUS ALLONS DEVOIR ALLER EN MOYENNE MONTAGNE, SUR SON TERRITOIRE.
MÊME UN DÉMON LAISSE UNE PISTE.
MAIS, AS-TU DÉJÀ VU UN DRAC ?
AS-TU DÉJÀ VU TON DIEU ?
LES BERGERS NE SONT QU' UN DÉBUT. SELON LES USAGES LE DRAC VA BIENTÔT S' EN PRENDRE À...
LÉANDRE !
?

LÉANDRE, IL S' EST PASSÉ QUELQUE CHOSE !
QUELQUE CHOSE DE GRAVE.
J' ARRIVE DE LA FERME DE SAVIGNAN, SES JUMEAUX ONT ÉTÉ ENLEVÉS PENDANT LA NUIT.
D' AUTRES ENFANTS ONT DISPARU.
WALTA, CLOTILDE, ALARIC...
ET...
NON.
YAAAHH !!
VENEZ !

FANI!
CATALINA!
LÉANDRE ?
OH LÉANDRE... CETTE CHOSE...
JE N'AI PAS PU...
CATALINA...
QU'EST-CE QU'IL VA LUI ARRIVER ?
DIS-MOI CE QU'IL S'EST PASSÉ.
NOS SOUPÇONS SE CONFIRMENT.

TOI AUSSI TU CROIS À CES HISTOIRES DE DRAC ?
PARCE QU'UN HOMME AURAIT PU FAIRE ÇA ?
JE DOIS ÊTRE COMME THOMAS, JE NE CROIS QUE CE QUE JE VOIS.
JE NE CONNAIS PAS CE THOMAS.
LÉANDRE...
LAISSE-MOI RÉFLÉCHIR.
CATALINA.
ALARIC.
HUGUES, GONTRAN.
CLOTILDE.
WALTA.
... ADELIN.
NOUS PARTONS.
POUR ALLER OÙ ?
LÉANDRE !

RODERIC ?
NOUS CHERCHONS ADELIN. IL VA BIEN, IL NE S'EST RIEN PASSÉ CETTE NUIT ?
ADEL...
ADELIN, IL EST LÀ-BAS.
UNE FIÈVRE L'A EMPORTÉ IL Y A DIX JOURS. MON FILS, MA BELLE-FILLE, MAINTENANT MON PETIT-FILS.
À CHAQUE FOIS J'AI PRIÉ LES ESPRITS DE LA MONTAGNE. ET ILS N'ONT RIEN FAIT.
ALORS JE CHANGE DE DIEU.
ET IL AURA INTÉRÊT À...
YAAH!
MMR.
ADELIN ÉTAIT LE DERNIER ENFANT DE CETTE CONTRÉE, ET IL EST DÉJÀ MORT.
JE NE DEVRAIS PAS DIRE ÇA MAIS C'EST UNE CHANCE, SI LE DRAC AVAIT PU TOUS LES ENLEVER ILS SERAIENT DÉJÀ AU FOND DE LA RIVIÈRE.
TANT QU'IL N'AURA PAS TROUVÉ DE SEPTIÈME PROIE NOUS AVONS UN SURSIS.
COMMENT ÇA ?
LE DRAC NE PEUT TUER LES ENFANTS QUE PAR GROUPE DE SEPT ?
EXACTEMENT.
POURQUOI SEPT ?
QU'EST-CE QUE J'EN SAIS, MOI ?!?
CE SONT LEURS USAGES, PAS LES NÔTRES !

TON DIEU A CRÉÉ LE MONDE EN SEPT JOURS, NON ?
POURQUOI PAS CINQ ?
POURQUOI PAS VINGT ??
ALLEZ!
C'EST LE MEILLEUR ACCÈS POUR NOTRE DESTINATION.
SOYEZ PRUDENTS, C'EST ESCARPÉ.
RIEN NE T'OBLIGE À NOUS SUIVRE, JOHANN.
QUATRE VALENT MIEUX QUE TROIS, NON ?
ARBOGAST EST AU COURANT ?
S'IL LE POUVAIT IL SERAIT VENU LUI-MÊME.
TÉMÉRAIRE DE PÈRE EN FILS.
CES PIERRES LÀ-HAUT SONT UNE PORTE, UNE FRONTIÈRE ENTRE NOTRE MONDE ET LE LEUR.

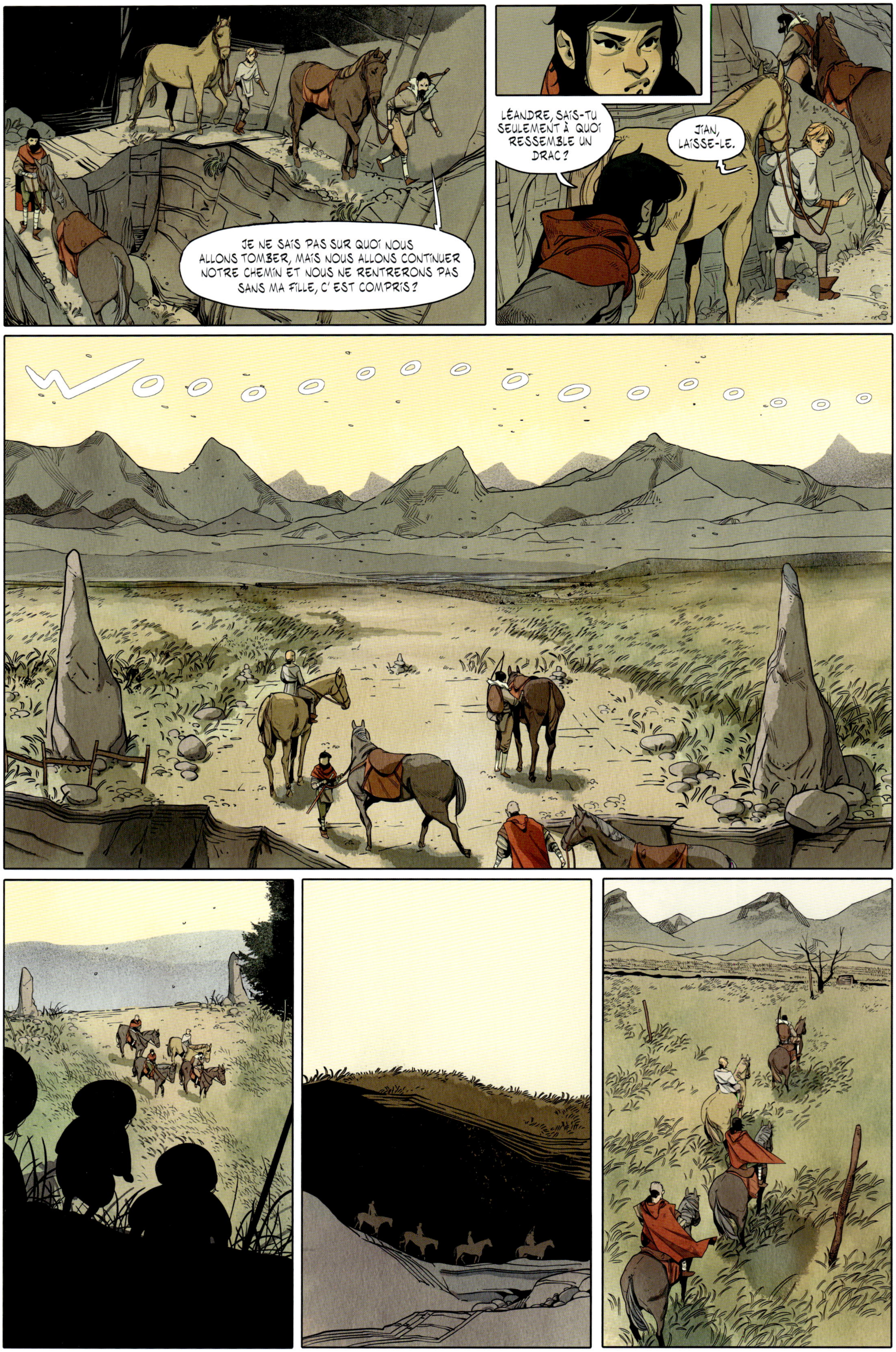
JE NE SAIS PAS SUR QUOI NOUS ALLONS TOMBER, MAIS NOUS ALLONS CONTINUER NOTRE CHEMIN ET NOUS NE RENTRERONS PAS SANS MA FILLE, C'EST COMPRIS ?
LÉANDRE, SAIS-TU SEULEMENT À QUOI RESSEMBLE UN DRAC ?
JIAN, LAISSE-LE.
WOOOOOOOOOOOOOOOOO

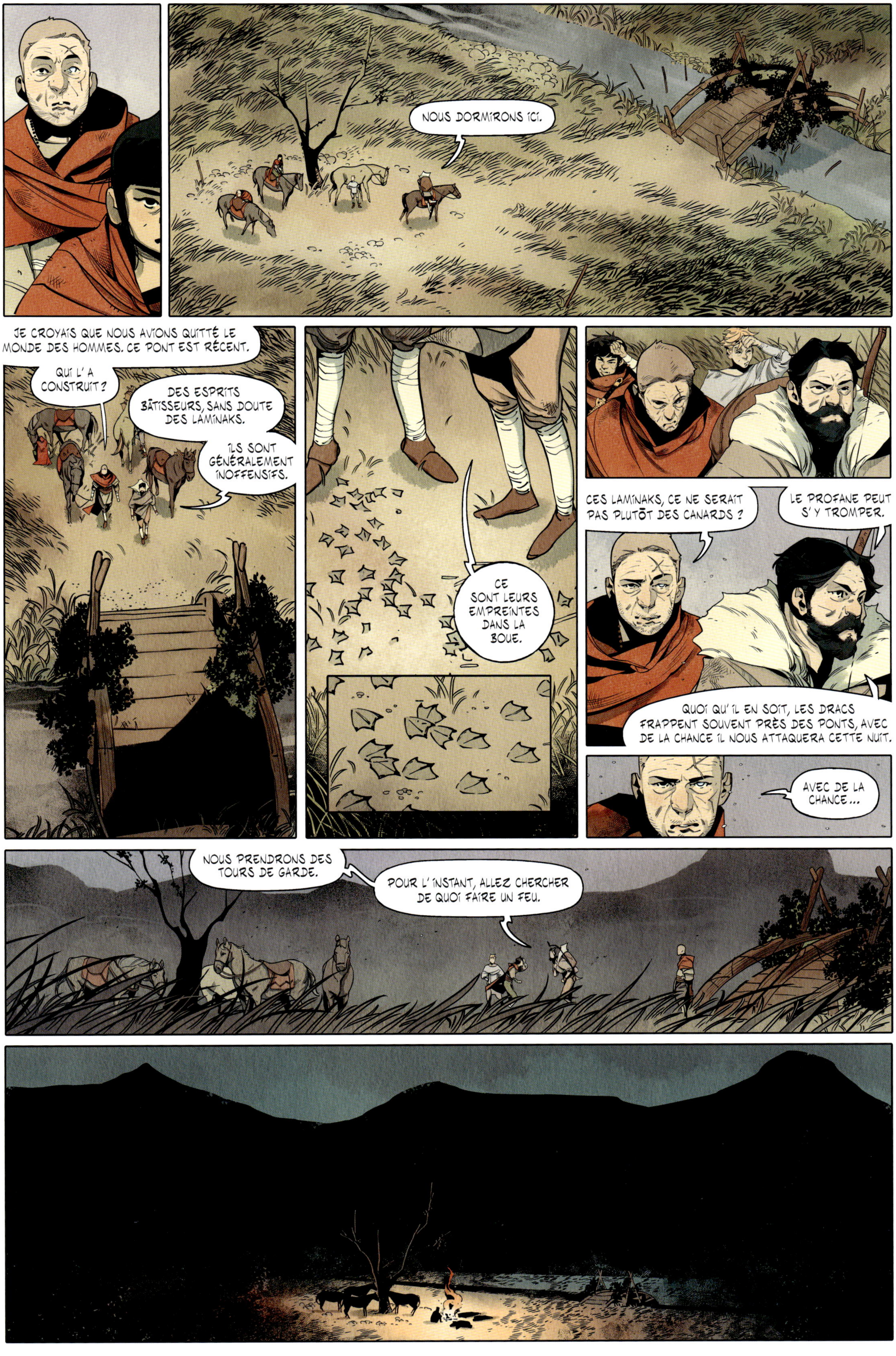
NOUS DORMIRONS ICI.
JE CROYAIS QUE NOUS AVIONS QUITTÉ LE MONDE DES HOMMES. CE PONT EST RÉCENT.
QUI L'A CONSTRUIT ?
DES ESPRITS BÂTISSEURS, SANS DOUTE DES LAMINAKS.
ILS SONT GÉNÉRALEMENT INOFFENSIFS.
CE SONT LEURS EMPREINTES DANS LA BOUE.
CES LAMINAKS, CE NE SERAIT PAS PLUTÔT DES CANARDS ?
LE PROFANE PEUT S'Y TROMPER.
QUOI QU'IL EN SOIT, LES DRACS FRAPPENT SOUVENT PRÈS DES PONTS, AVEC DE LA CHANCE IL NOUS ATTAQUERA CETTE NUIT.
AVEC DE LA CHANCE...
NOUS PRENDRONS DES TOURS DE GARDE.
POUR L'INSTANT, ALLEZ CHERCHER DE QUOI FAIRE UN FEU.

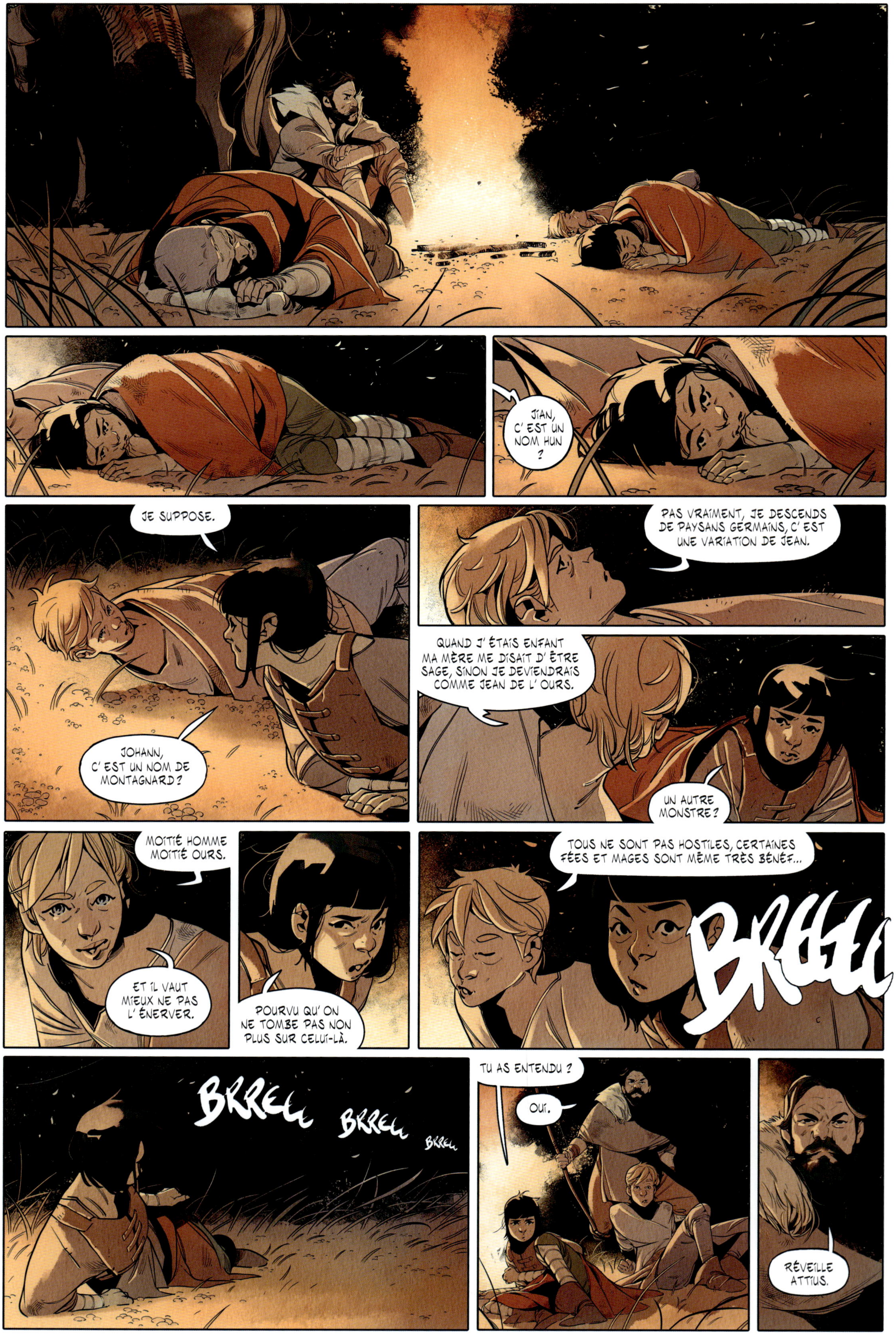
JIAN, C' EST UN NOM HUN ?
JE SUPPOSE.
JOHANN, C' EST UN NOM DE MONTAGNARD ?
PAS VRAIMENT, JE DESCENDS DE PAYSANS GERMAINS, C' EST UNE VARIATION DE JEAN.
QUAND J' ÉTAIS ENFANT MA MÈRE ME DISAIT D' ÊTRE SAGE, SINON JE DEVIENDRAIS COMME JEAN DE L' OURS.
UN AUTRE MONSTRE ?
MOITIÉ HOMME MOITIÉ OURS.
ET IL VAUT MIEUX NE PAS L' ÉNERVER.
POURVU QU' ON NE TOMBE PAS NON PLUS SUR CELUI-LÀ.
TOUS NE SONT PAS HOSTILES, CERTAINES FÉES ET MAGES SONT MÊME TRÈS BÉNÉF...
BREEE
BRREE
BRREE
BRREE
TU AS ENTENDU ?
OUI.
RÉVEILLE ATTIUS.

PÈRE.
UFF. QU'EST-CE QU'IL SE PASSE ?
HHHIIIIIIII
HHIIIIIIIII
WOSH
D'ACCORD. IL Y A QUELQUE CHOSE.
QU'EST-CE QUE...
CETTE BRUME, ELLE EST NATURELLE ?
JE NE SAIS PAS.
SI C'EST LE DRAC, COMMENT LE RECONNAÎTRE ?
IL PREND LA FORME QU'IL VEUT.
HOMME, BÊTE.
MAIS IL AURA LES ENFANTS AVEC LUI.
CLOC

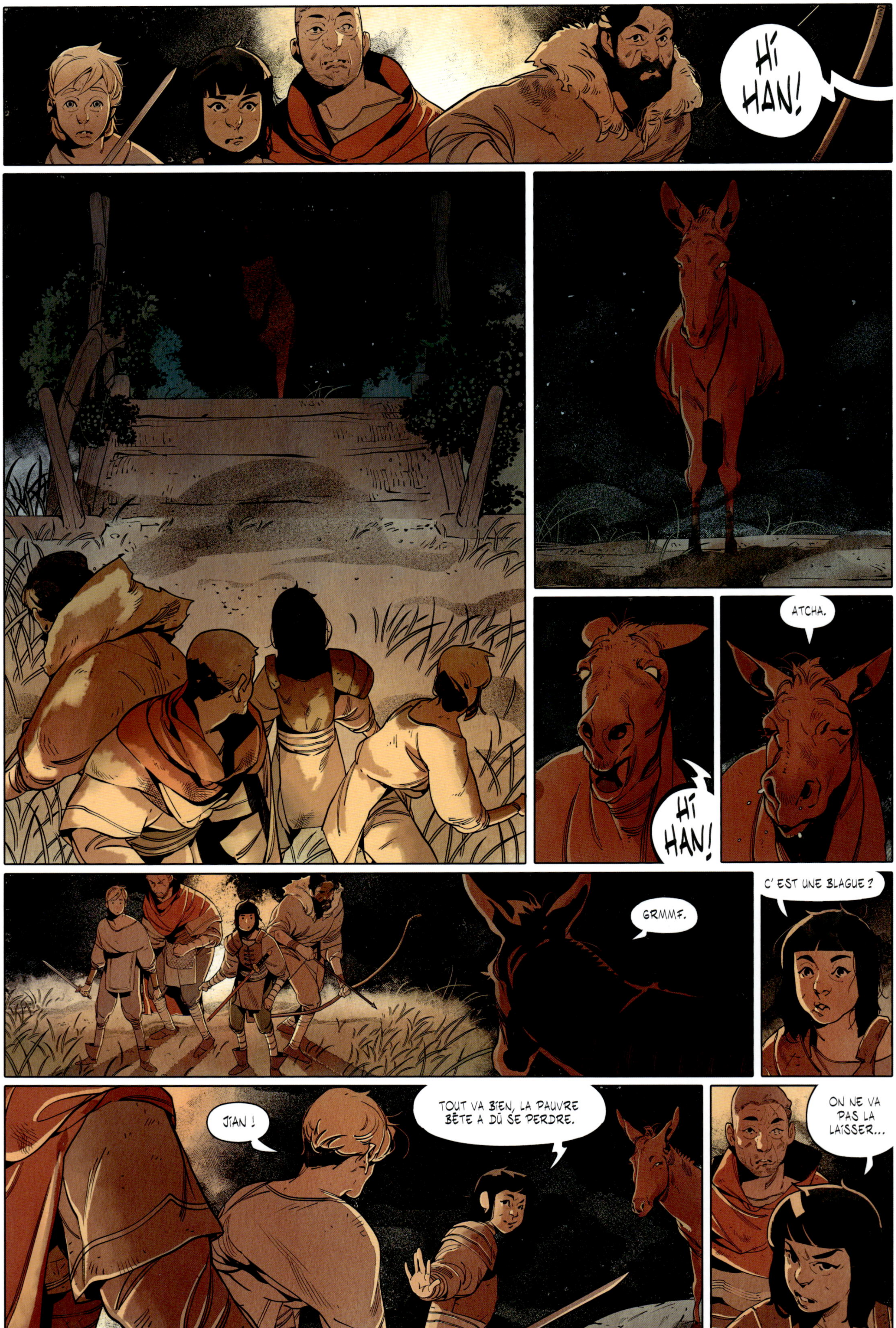
HI HAN!
ATCHA.
HI HAN!
GRMMF.
C'EST UNE BLAGUE ?
JIAN !
TOUT VA BIEN, LA PAUVRE BÊTE A DÛ SE PERDRE.
ON NE VA PAS LA LAISSER...

COMME ÇA...
Hi Hi
Hi Hi
Hi Hi
CATALINA.
Hi Hi
Hi Hi
Hi Hi
TSHHHHHH
SHHH
TCHAK!

...?
HA HA!
CLOC !!!
SHAK SHAK
TSHHH
BON SANG!
LES FLÈCHES SONT INUTILES, TU VAS TOUCHER LES ENFANTS!
BBRREEEEEEEEEEEEEEEEEE
NE ME DIS PAS COMMENT SAUVER MA FILLE!
VA PLUTÔT ...
?!!
?!!
TSING
SLASH !!!

BREEEEEEEL
VLOF!!!
AAAHH!!!
BREEEC
BREE!
WHACK
JIAN!
SPLASH!
AARRR!
RAAHH!!!
WHAM

CRAC!
Hiiiiiii...
HA HA!
CATALINA!
HA HA!!
?!!
WOSH
CRAC
AAHH!!
BBBBBRRRREEEEEEEE
AAAA...
JIAN.

JOHANN, IL FAUT POURSUIVRE LE DRAC!
ÇA ATTENDRA!
SPLASH
JIAN!
LES CHEVAUX.
NON!
AAAHH!!
CRAC!
MAUDIT...
MAUDIT!

JIAN!
JIAN!
JIAN, JE SUIS LÀ!
TU M'ENTENDS ??
OH C'EST PAS VR...
?!!
AAAHH !!!
HAAA!!

UMFH...
TU FAIS TON...
... POIDS...
AAAHHH...
VLOF
AAAHHH...
AAAA...
AAHHH !!!
TCHAK !!!
FFF...
UUFF...

ENFIN.
OÙ... EST JIAN ?
JOHANN A PLONGÉ À SON SECOURS, ET L'A... RAMENÉ.
JE LES AI ENVOYÉS CHERCHER DE L'AIDE.
IL FAUT LES RETROUVER.
LA PRIORITÉ C'EST LE DRAC.
JE NE CONTINUE PAS SANS JIAN.
C'EST TON DROIT.
MAIS UN DÉMON, UN DÉMON AUQUEL TU NE CROYAIS PAS, SE CACHE DANS CETTE MONTAGNE.
IL NOUS A LAISSÉ UNE PISTE, MÊME AVEC MA CHEVILLE NOUS AVONS NOS CHANCES.
ALORS TU PEUX ESSAYER DE RETROUVER DEUX JEUNES GENS PLEINS DE RESSOURCES.
OU TU PEUX M'AIDER À SAUVER SIX ENFANTS.
JIAN EST VRAIMENT À L'ABRI ?
... JE TE LE JURE.
TU POURRAS MARCHER ?
ASSEZ POUR RETROUVER LES ENFANTS. MAIS J'AURAI BESOIN DE TON AIDE.

PLIC
HU?
WOSH
OÙ EST-CE QU'ON EST?!
QU'EST-CE QU'IL S'EST PASSÉ?!?
HUFFF...
JE... J'AI PLONGÉ POUR TE RÉCUPÉRER.
MAIS JE NE PENSAIS PAS QUE LE COURANT SERAIT AUSSI FORT, C'EST UN MIRACLE QU'ON SOIT ENTIERS.
MON ÉPÉE.
OÙ EST MON ÉPÉE?
TU L'AS VUE QUELQUE PART?!!
TU L'AS LÂCHÉE QUAND LE DRAC T'A FRAPPÉ.
QUOI?!?

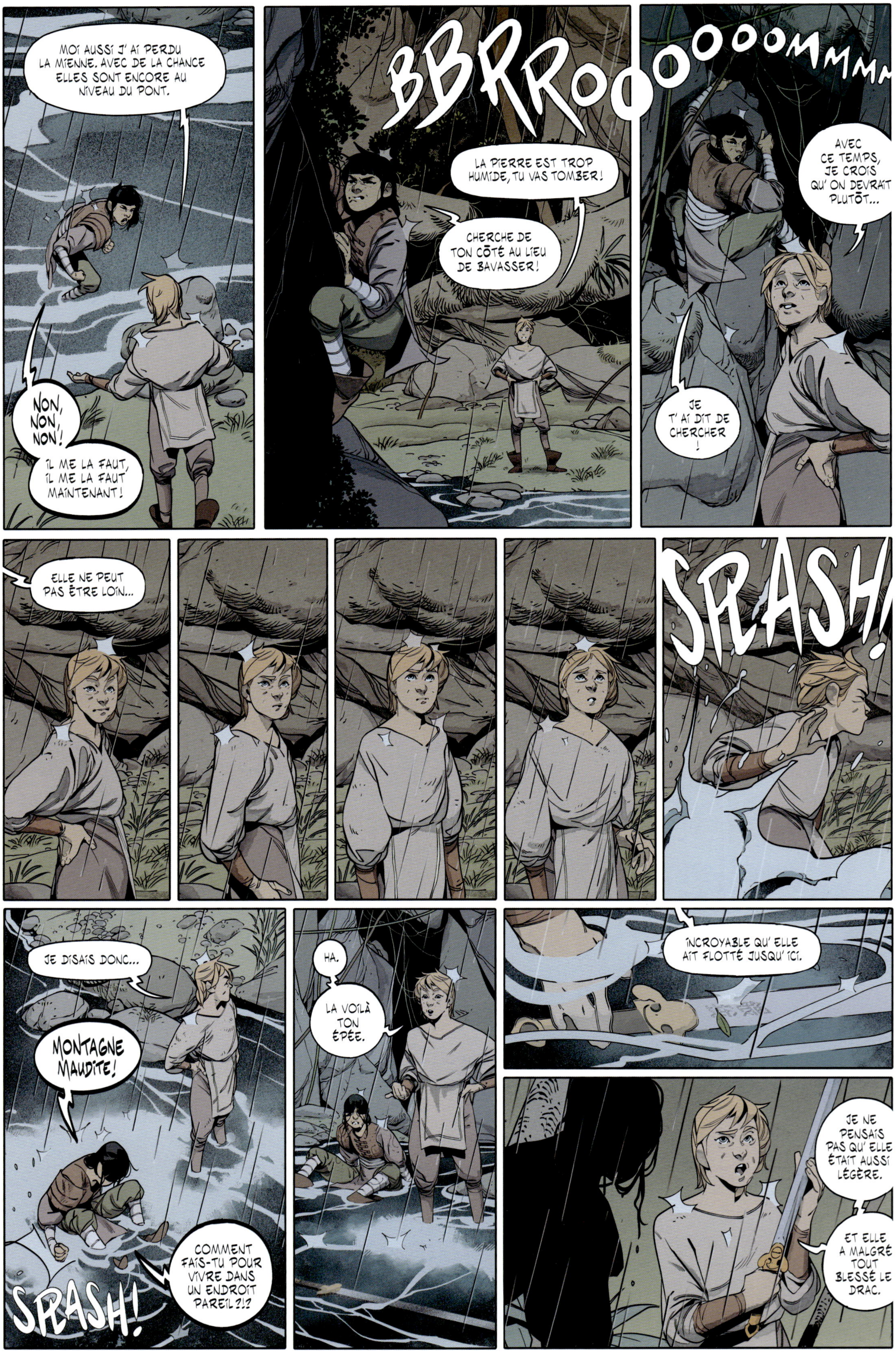

MOI AUSSI J'AI PERDU LA MIENNE. AVEC DE LA CHANCE ELLES SONT ENCORE AU NIVEAU DU PONT.
NON, NON, NON !
IL ME LA FAUT, IL ME LA FAUT MAINTENANT !
BBRROOOOOOMMMM
LA PIERRE EST TROP HUMIDE, TU VAS TOMBER !
CHERCHE DE TON CÔTÉ AU LIEU DE BAVASSER !
AVEC CE TEMPS, JE CROIS QU'ON DEVRAIT PLUTÔT...
JE T'AI DIT DE CHERCHER !
ELLE NE PEUT PAS ÊTRE LOIN...
SPLASH !
JE DISAIS DONC...
MONTAGNE MAUDITE !
COMMENT FAIS-TU POUR VIVRE DANS UN ENDROIT PAREIL ?!?
SPLASH !
HA.
LA VOILÀ TON ÉPÉE.
INCROYABLE QU'ELLE AIT FLOTTÉ JUSQU'ICI.
JE NE PENSAIS PAS QU'ELLE ÉTAIT AUSSI LÉGÈRE.
ET ELLE A MALGRÉ TOUT BLESSÉ LE DRAC.

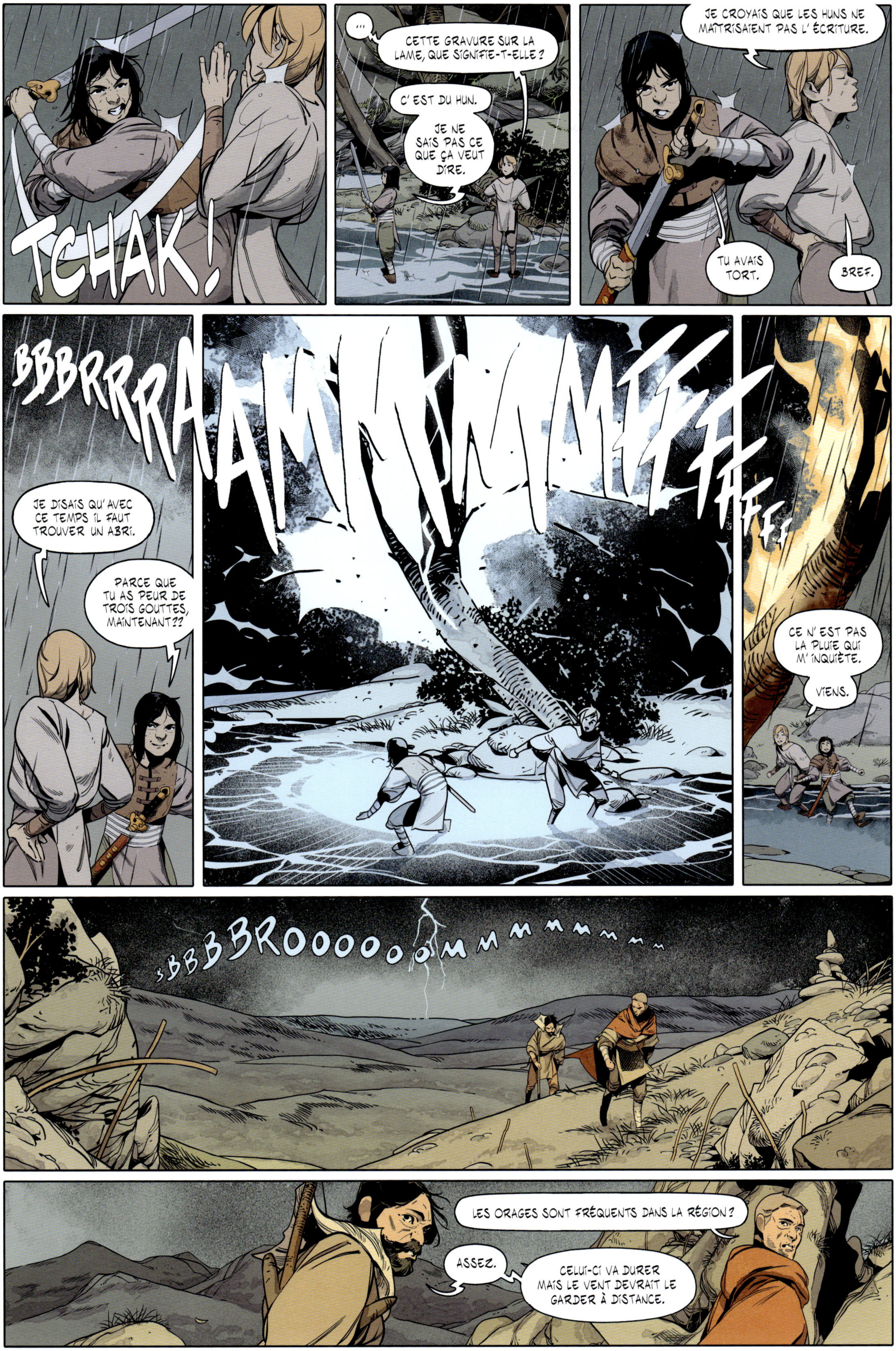
TCHAK !
...
CETTE GRAVURE SUR LA LAME, QUE SIGNIFIE-T-ELLE ?
C'EST DU HUN.
JE NE SAIS PAS CE QUE ÇA VEUT DIRE.
JE CROYAIS QUE LES HUNS NE MAÎTRISAIENT PAS L'ÉCRITURE.
TU AVAIS TORT.
BREF.
BBBRRRAAMMMMMFFFFF
JE DISAIS QU'AVEC CE TEMPS IL FAUT TROUVER UN ABRI.
PARCE QUE TU AS PEUR DE TROIS GOUTTES, MAINTENANT??
CE N'EST PAS LA PLUIE QUI M'INQUIÈTE.
VIENS.
BBBBROOOOOOOMMMMMMMM
LES ORAGES SONT FRÉQUENTS DANS LA RÉGION ?
ASSEZ.
CELUI-CI VA DURER MAIS LE VENT DEVRAIT LE GARDER À DISTANCE.

MÊME UN DRAC N'ÉCHAPPE PAS AUX LOIS DE LA NATURE, IL AURA FORCÉMENT BESOIN DE SE REPOSER.
ET IL EST TOUT PRÈS.
LÉANDRE...
UN DRAC SAIT FAIRE UN FEU ?
DES HOMMES VIVENT PAR ICI ?
PEUT-ÊTRE UN ERMITE, CE NE SERAIT PAS LA PREMIÈRE FOIS.

TU VAS QUAND MÊME ALLER VÉRIFIER.
MOI ?
JE TE COUVRE AVEC MON ARC.
AVEC MA JAMBE JE NE POURRAI PAS FAIRE MIEUX.
QU' EST-CE QUE...

HÉ!
AÏ!
ATTENDS!
AAHHH!!
JE NE TE FERAI PAS DE MAL!
JE JURE QUE JE NE TE FERAI PAS DE MAL.
REGARDE.
PLUS D'ÉPÉE.
QUEL EST TON NOM?
... TIRTSA.
JE M'APPELLE ATTIUS.
TU VIS ICI ?
TU PEUX ME LÂCHER?
...
VIENS M'AIDER AVEC MES LÉGUMES.
OUI JE VIS ICI.
JE SUIS GUÉRISSEUSE, CERTAINES PLANTES NE SE TROUVENT QU'EN ALTITUDE.
TU NE CRAINS PAS LES ÊTRES DE LA MONTAGNE?
ILS ME LAISSENT TRANQUILLE.
ET TOI, QUE FAIS-TU LÀ ?
TU ES VENU TUER LE DRAC?
...
NE ME REGARDE PAS COMME ÇA, MÊME ICI LES RUMEURS CIRCULENT.
JE LE PISTE DEPUIS HIER, OUI.
SEUL ?
J'AI ÉTÉ SÉPARÉ DE MES COMPAGNONS.

ET MAINTENANT JE NE SAIS PLUS QUOI FAIRE.
TU N'AS RIEN VU D'ANORMAL ?
TOUT EST ANORMAL PAR ICI.
MAIS NON, JE N'AI RIEN VU D'INHABITUEL.
TU DEVRAIS RETROUVER TES AMIS.
JE NE SAURAIS PAR OÙ COMMENCER.
ET LUI ALORS ?
VLOF !
?!!
LÉANDRE !!!
VA...
VA-T...
TIC
?!!
SWIP
SALE...

HA!
BIEN.
NOUS AVONS DES CHOSES À NOUS DIRE.
GGG...
KLANG
PLOF
LÉANDRE, C'EST BIEN ÇA ?
TU NE DEVRAIS PAS BOUGER DANS TON ÉTAT.
MA... MA FILLE...
CRUNCH
OH, CATALINA.
LA MORT D'ADELIN VOUS A DONNÉ UN RÉPIT MAIS JE SUIS PATIENTE DE NATURE.
TÔT OU TARD NOUS TROUVERONS UN SEPTIÈME ENFANT, ALORS ILS FINIRONT DANS LA RIVIÈRE, COMME DANS L'ANCIEN TEMPS.
CROC CROC
CR...
BRREEEEEEE
TU AS SENTI QUELQUE CHOSE ?
TSHHHHHHH
C'EST LA PROVIDENCE. VA.

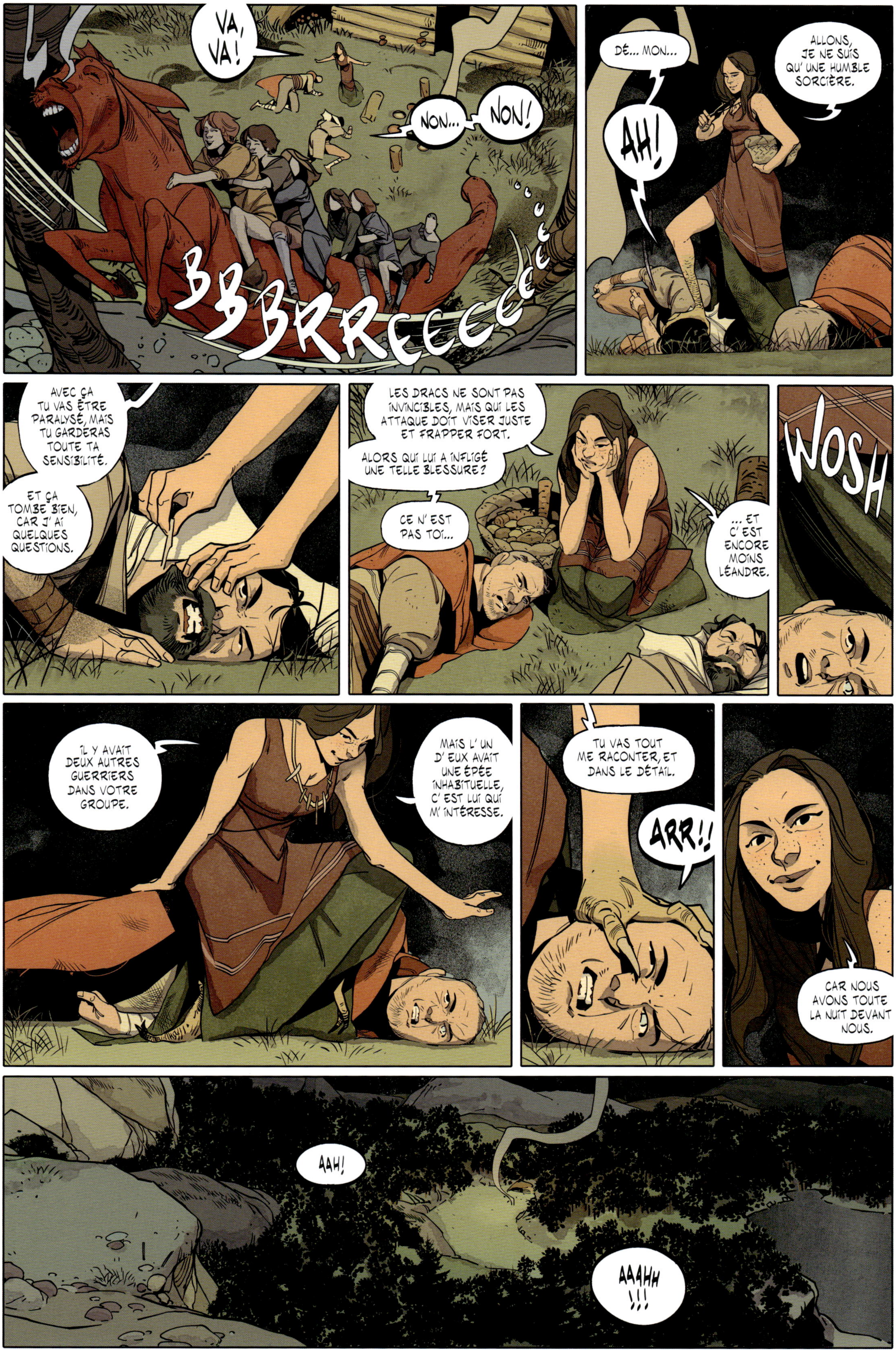
VA, VA!
NON... NON!
BBBRREEEEEEEEEEE
DÉ... MON...
AH!
ALLONS, JE NE SUIS QU'UNE HUMBLE SORCIÈRE.
AVEC ÇA TU VAS ÊTRE PARALYSÉ, MAIS TU GARDERAS TOUTE TA SENSIBILITÉ.
ET ÇA TOMBE BIEN, CAR J'AI QUELQUES QUESTIONS.
LES DRACS NE SONT PAS INVINCIBLES, MAIS QUI LES ATTAQUE DOIT VISER JUSTE ET FRAPPER FORT.
ALORS QUI LUI A INFLIGÉ UNE TELLE BLESSURE?
CE N'EST PAS TOI...
... ET C'EST ENCORE MOINS LÉANDRE.
WOSH
IL Y AVAIT DEUX AUTRES GUERRIERS DANS VOTRE GROUPE.
MAIS L'UN D'EUX AVAIT UNE ÉPÉE INHABITUELLE, C'EST LUI QUI M'INTÉRESSE.
TU VAS TOUT ME RACONTER, ET DANS LE DÉTAIL.
ARR!!
CAR NOUS AVONS TOUTE LA NUIT DEVANT NOUS.
AAH!
AAAHH !!!

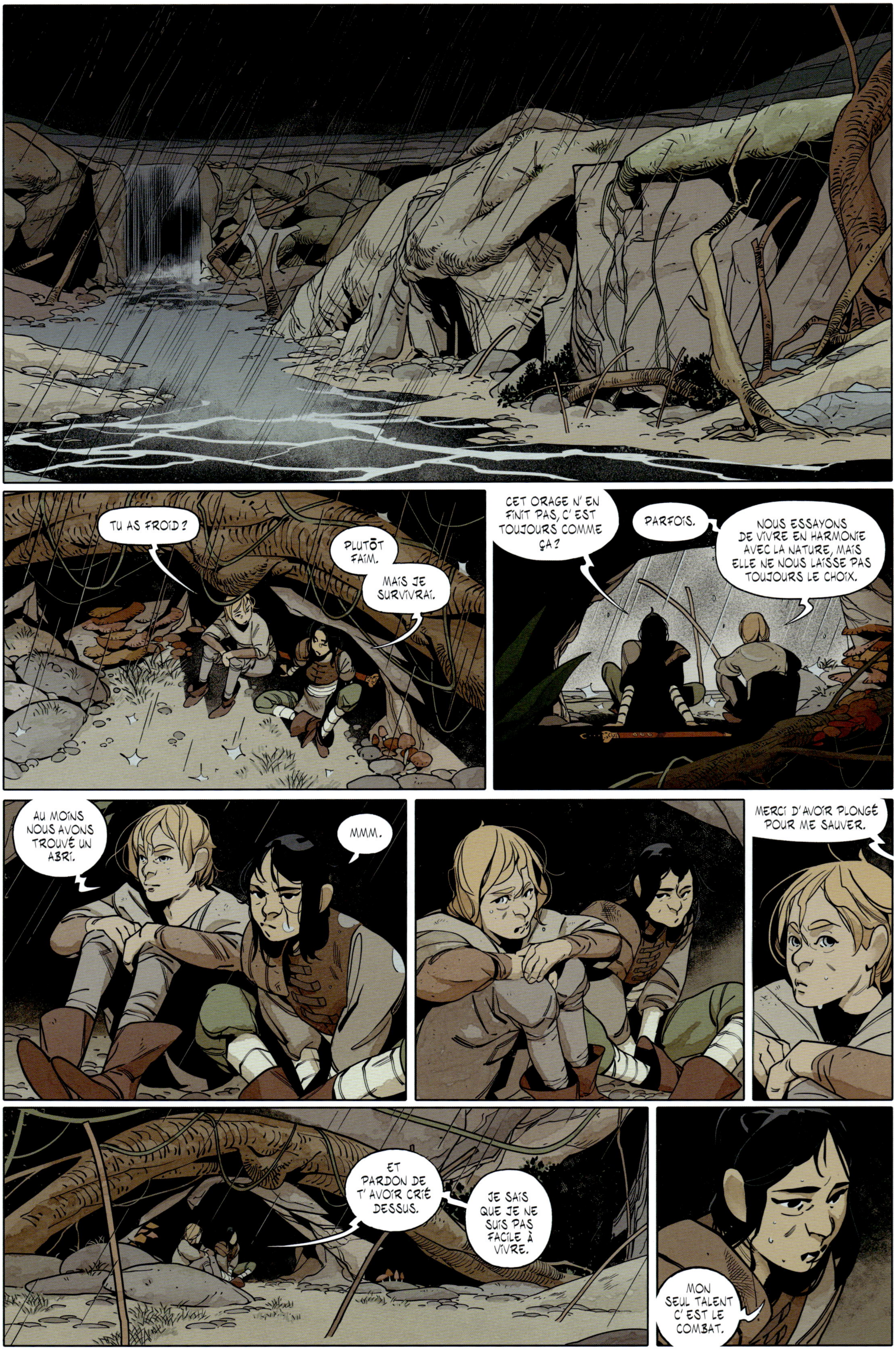
TU AS FROID ?
PLUTÔT FAIM.
MAIS JE SURVIVRAI.
CET ORAGE N'EN FINIT PAS, C'EST TOUJOURS COMME ÇA ?
PARFOIS.
NOUS ESSAYONS DE VIVRE EN HARMONIE AVEC LA NATURE, MAIS ELLE NE NOUS LAISSE PAS TOUJOURS LE CHOIX.
AU MOINS NOUS AVONS TROUVÉ UN ABRI.
MMM.
MERCI D'AVOIR PLONGÉ POUR ME SAUVER.
ET PARDON DE T'AVOIR CRIÉ DESSUS.
JE SAIS QUE JE NE SUIS PAS FACILE À VIVRE.
MON SEUL TALENT C'EST LE COMBAT.

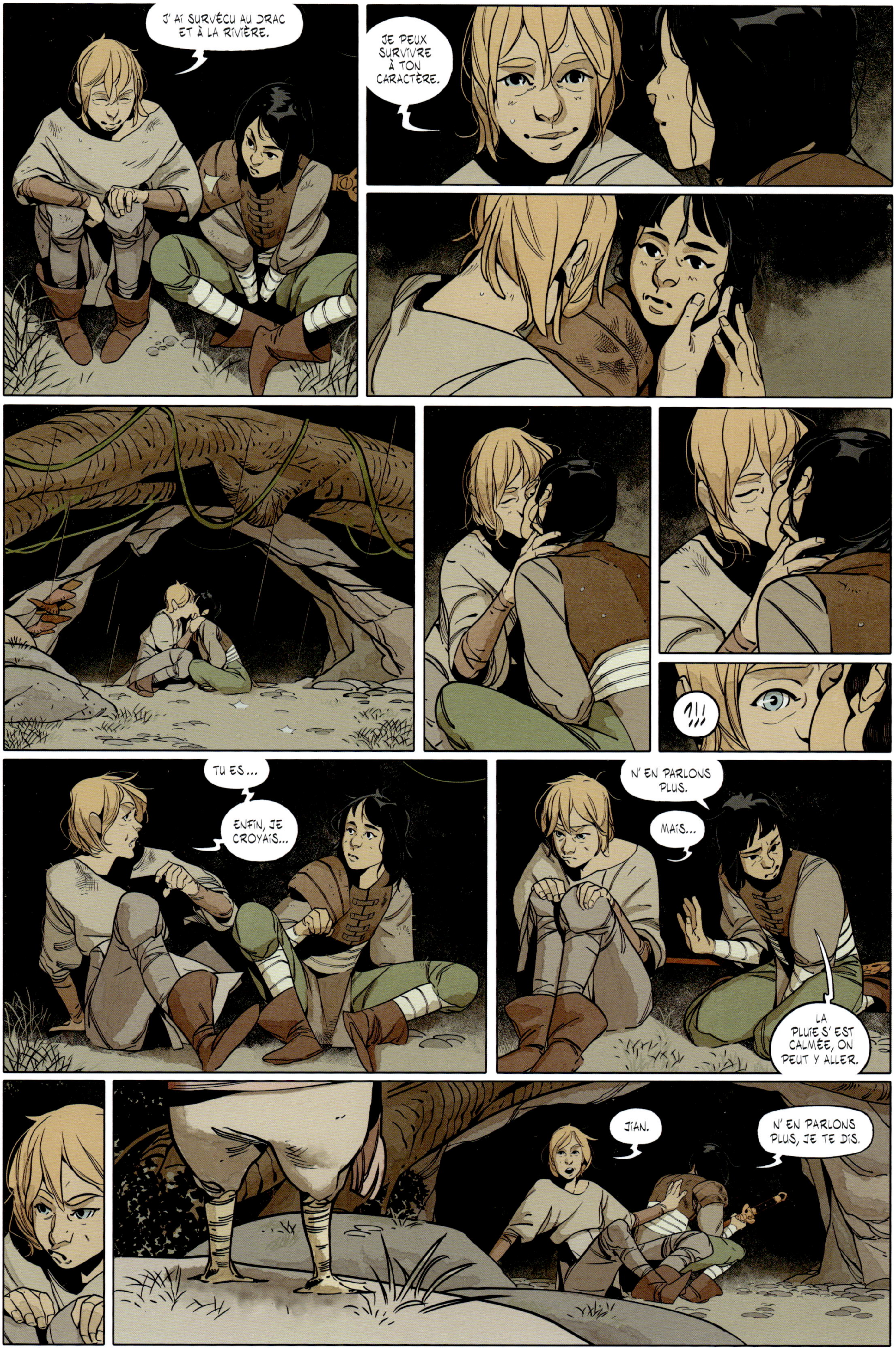
J' AI SURVÉCU AU DRAC ET À LA RIVIÈRE.
JE PEUX SURVIVRE À TON CARACTÈRE.
?!!!
TU ES...
ENFIN, JE CROYAIS...
N' EN PARLONS PLUS.
MAIS...
LA PLUIE S' EST CALMÉE, ON PEUT Y ALLER.
JIAN.
N' EN PARLONS PLUS, JE TE DIS.

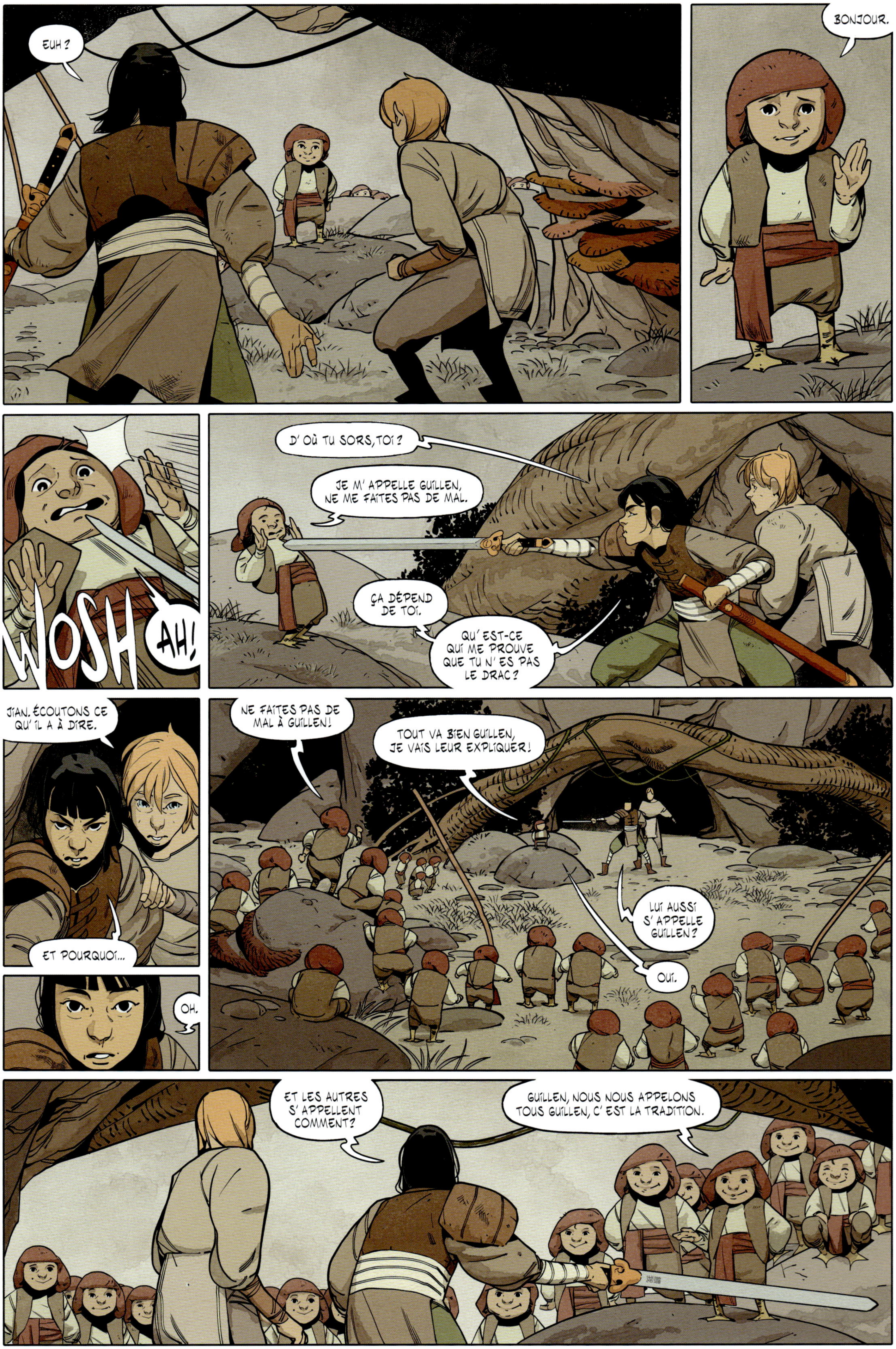
EUH ?
BONJOUR.
WOSH
AH!
D'OÙ TU SORS, TOI ?
JE M'APPELLE GUILLEN, NE ME FAITES PAS DE MAL.
ÇA DÉPEND DE TOI.
QU'EST-CE QUI ME PROUVE QUE TU N'ES PAS LE DRAC ?
JIAN. ÉCOUTONS CE QU'IL A À DIRE.
ET POURQUOI...
OH.
NE FAITES PAS DE MAL À GUILLEN!
TOUT VA BIEN GUILLEN, JE VAIS LEUR EXPLIQUER!
LUI AUSSI S'APPELLE GUILLEN?
OUI.
ET LES AUTRES S'APPELLENT COMMENT?
GUILLEN, NOUS NOUS APPELONS TOUS GUILLEN, C'EST LA TRADITION.

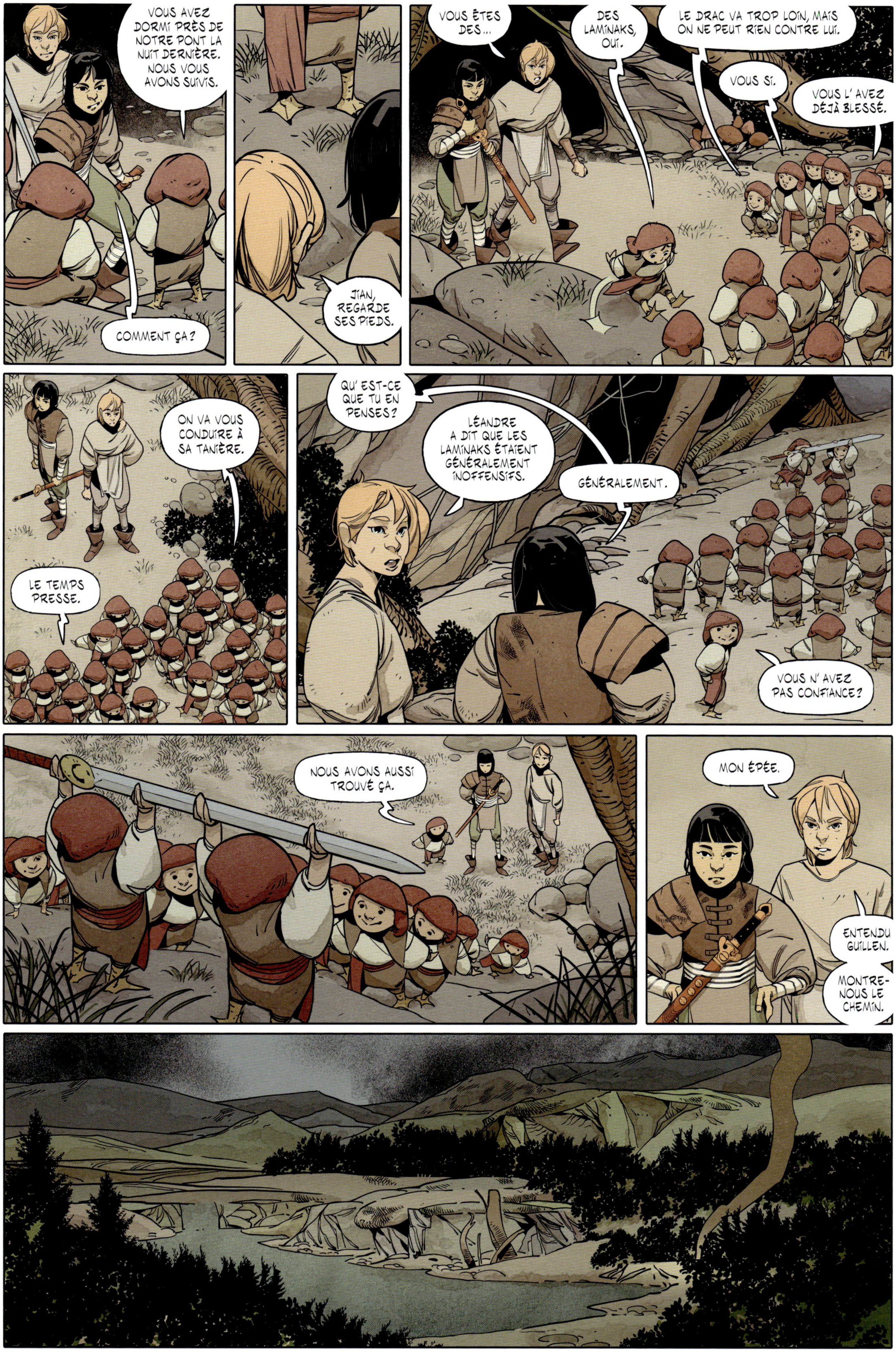
VOUS AVEZ DORMI PRÈS DE NOTRE PONT LA NUIT DERNIÈRE. NOUS VOUS AVONS SUIVIS.
COMMENT ÇA ?
JIAN, REGARDE SES PIEDS.
VOUS ÊTES DES...
DES LAMINAKS, OUI.
LE DRAC VA TROP LOIN, MAIS ON NE PEUT RIEN CONTRE LUI.
VOUS SI.
VOUS L'AVEZ DÉJÀ BLESSÉ.
ON VA VOUS CONDUIRE À SA TANIÈRE.
LE TEMPS PRESSE.
QU'EST-CE QUE TU EN PENSES ?
LÉANDRE A DIT QUE LES LAMINAKS ÉTAIENT GÉNÉRALEMENT INOFFENSIFS.
GÉNÉRALEMENT.
VOUS N'AVEZ PAS CONFIANCE ?
NOUS AVONS AUSSI TROUVÉ ÇA.
MON ÉPÉE.
ENTENDU GUILLEN.
MONTRE-NOUS LE CHEMIN.

NNN...
BIEN DORMI ?
MERCI POUR VOTRE COOPÉRATION D'HIER SOIR.
CRUNCH
HUFF...
MAIS JE SUIS UN PEU FRUSTRÉE.
ATTIUS, TON HISTORIQUE FAMILIAL A SON INTÉRÊT MAIS JE NE SAIS TOUJOURS RIEN SUR L'ÉPÉE.
SOIT IL Y A BEAUCOUP DE CHOSES QUE TU IGNORES ...
SOIT TU PERSISTES À MENTIR.
PAS QUE CE SOIT IMPORTANT.
LE DERNIER SACRIFICE EST EN ROUTE, ALORS VOUS COMPRENDREZ PEUT-ÊTRE.
RAAAHH!!
TU AS DÉJÀ TOUS LES ENFANTS DE LA VALLÉE, OÙ VAS-TU EN TROUVER UN AUTRE ?!
POURQUOI S'ACHARNER SUR NOUS??
POURQUOI ?
POURQUOI ?!?
VOILÀ POURQUOI!

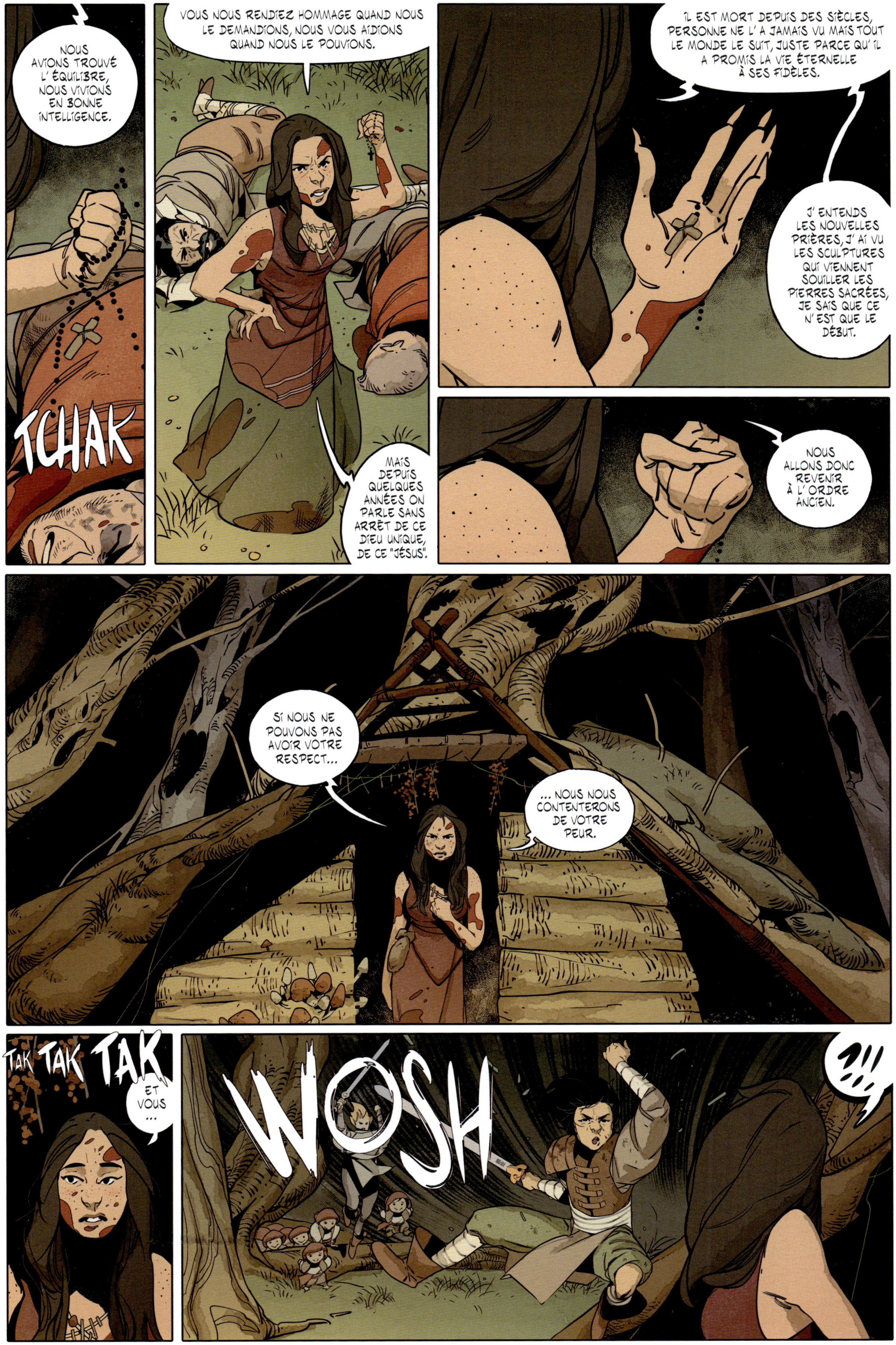
NOUS AVIONS TROUVÉ L'ÉQUILIBRE, NOUS VIVIONS EN BONNE INTELLIGENCE.
TCHAK
VOUS NOUS RENDIEZ HOMMAGE QUAND NOUS LE DEMANDIONS, NOUS VOUS AIDIONS QUAND NOUS LE POUVIONS.
MAIS DEPUIS QUELQUES ANNÉES ON PARLE SANS ARRÊT DE CE DIEU UNIQUE, DE CE "JÉSUS".
IL EST MORT DEPUIS DES SIÈCLES, PERSONNE NE L'A JAMAIS VU MAIS TOUT LE MONDE LE SUIT, JUSTE PARCE QU'IL A PROMIS LA VIE ÉTERNELLE À SES FIDÈLES.
J'ENTENDS LES NOUVELLES PRIÈRES, J'AI VU LES SCULPTURES QUI VIENNENT SOUILLER LES PIERRES SACRÉES, JE SAIS QUE CE N'EST QUE LE DÉBUT.
NOUS ALLONS DONC REVENIR À L'ORDRE ANCIEN.
SI NOUS NE POUVONS PAS AVOIR VOTRE RESPECT...
... NOUS NOUS CONTENTERONS DE VOTRE PEUR.
TAK TAK TAK
ET VOUS ...
WOSH
?!!

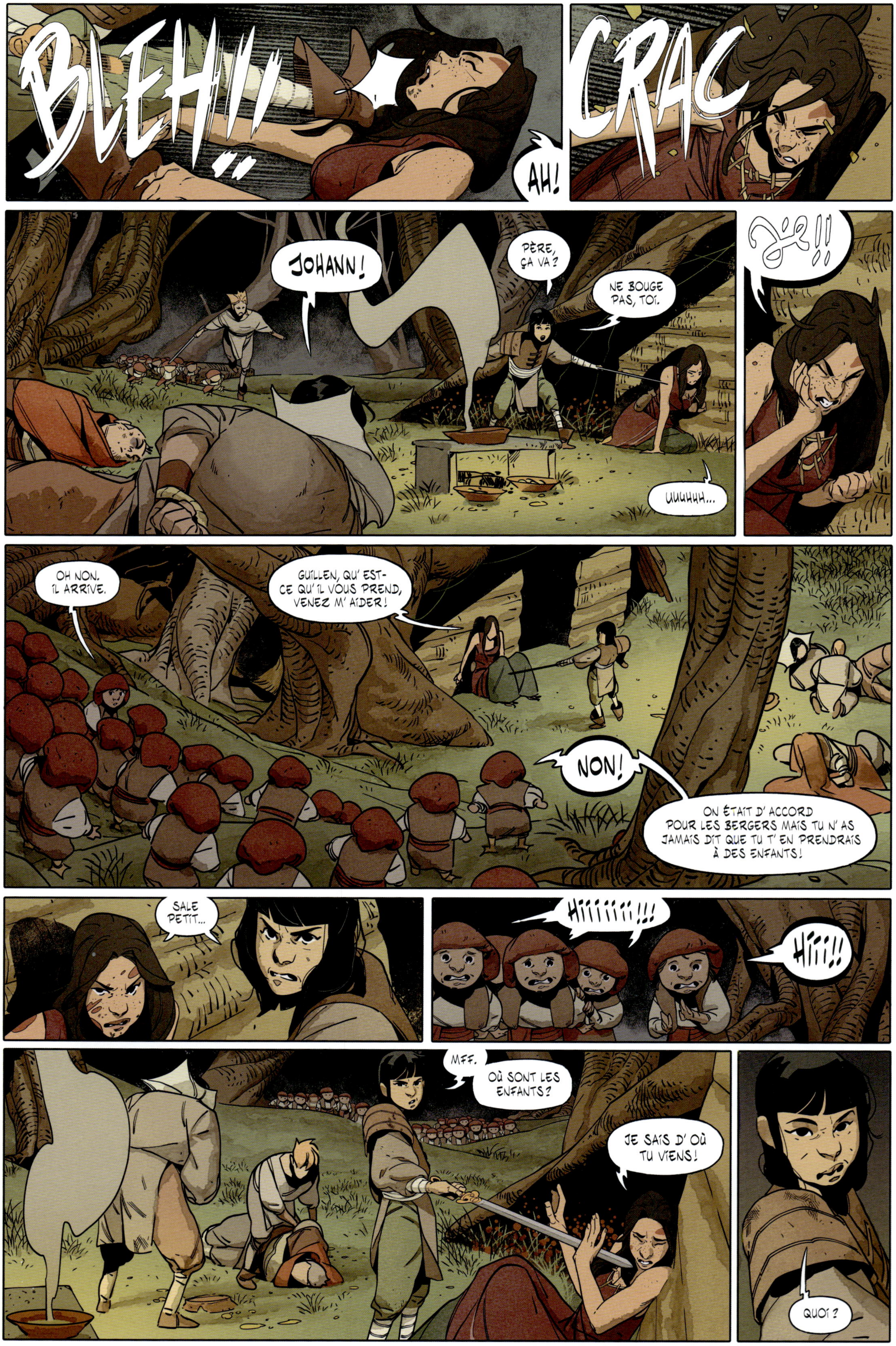
BLEH!!
AH!
CRAC
JOHANN!
PÈRE, ÇA VA?
NE BOUGE PAS, TOI.
UUUHHH...
OH NON. IL ARRIVE.
GUILLEN, QU'EST-CE QU'IL VOUS PREND, VENEZ M'AIDER!
NON!
ON ÉTAIT D'ACCORD POUR LES BERGERS MAIS TU N'AS JAMAIS DIT QUE TU T'EN PRENDRAIS À DES ENFANTS!
SALE PETIT...
HIIIIIII!!!
HIII!!
MFF.
OÙ SONT LES ENFANTS?
JE SAIS D'OÙ TU VIENS!
QUOI?

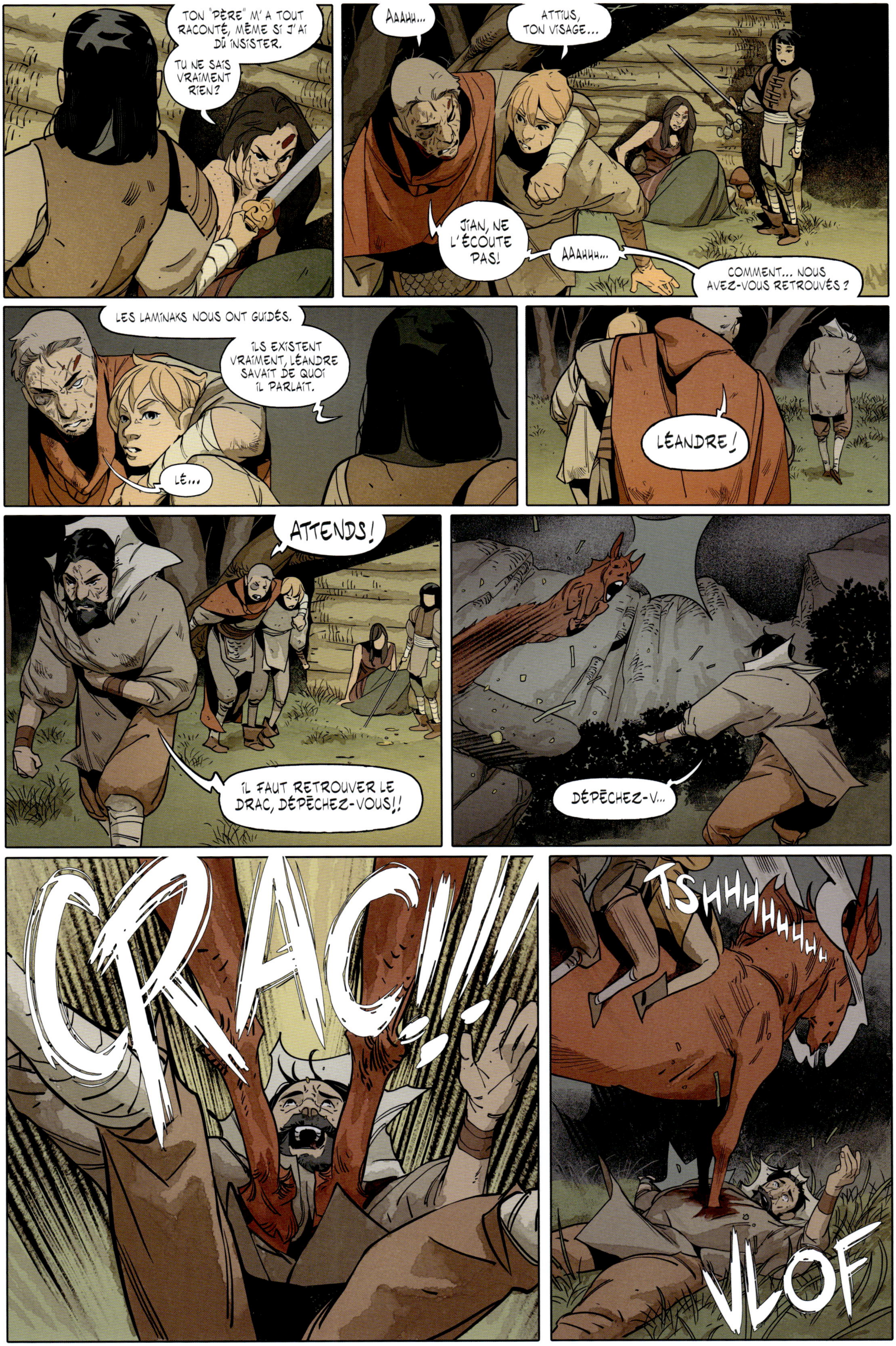
TON "PÈRE" M'A TOUT RACONTÉ, MÊME SI J'AI DÛ INSISTER.
TU NE SAIS VRAIMENT RIEN?
AAAHH...
ATTIUS, TON VISAGE...
JIAN, NE L'ÉCOUTE PAS!
AAAHHH...
COMMENT... NOUS AVEZ-VOUS RETROUVÉS ?
LES LAMINAKS NOUS ONT GUIDÉS.
ILS EXISTENT VRAIMENT, LÉANDRE SAVAIT DE QUOI IL PARLAIT.
LÉ...
LÉANDRE !
ATTENDS !
IL FAUT RETROUVER LE DRAC, DÉPÊCHEZ-VOUS!!
DÉPÊCHEZ-V...
CRAC!!!
TSHHHHHHHH
VLOF

OUUUIINNN
OUIINN
TSHHHHH
OUIIINNN
UN BÉBÉ ?
COMMENT...?
... L'AUBERGISTE... DEVAIT BIENTÔT ACCOUCHER.
OH NON.
ILS PEUVENT ATTENDRE, VA À LA RIVIÈRE !
TAIS-TOI !
VA !
TSHHH
WOOOOOOOOSSHHHHH
NON... NON !!

J'AI PEUT-ÊTRE PERDU, MAIS JE PEUX ENCORE VOUS VOLER...
LA VICTOIR...
?!
?!!
TCHAK
VLOF!
ALLEZ SAUVER LES ENFANTS.
PÈRE !
ATTIUS, TU NE ...
TOUT REPOSE SUR VOUS.
D'... D'ACCORD.

PUFF
QUAND TU DISAIS QUE TU N'ÉTAIS PAS DOUÉ AVEC UNE ARME, C'ÉTAIT DE LA FAUSSE MODESTIE ?
PUFF
PUFF
HÉLAS ! NON.
PUFF
MAIS TON ÉPÉE FERA LA DIFFÉRENCE.
UN CONSEIL AMICAL : FUYEZ.
TU N'ES PAS UN AMI. DISPARAIS.
BRREEEEEEE...
LÀ-BAS !
?!!
BREEEEEEEEEEEEEEEEEEEEE
AAHHH!!
HIIIII!!
TON ÉPÉE !
LÀ !
WOSH

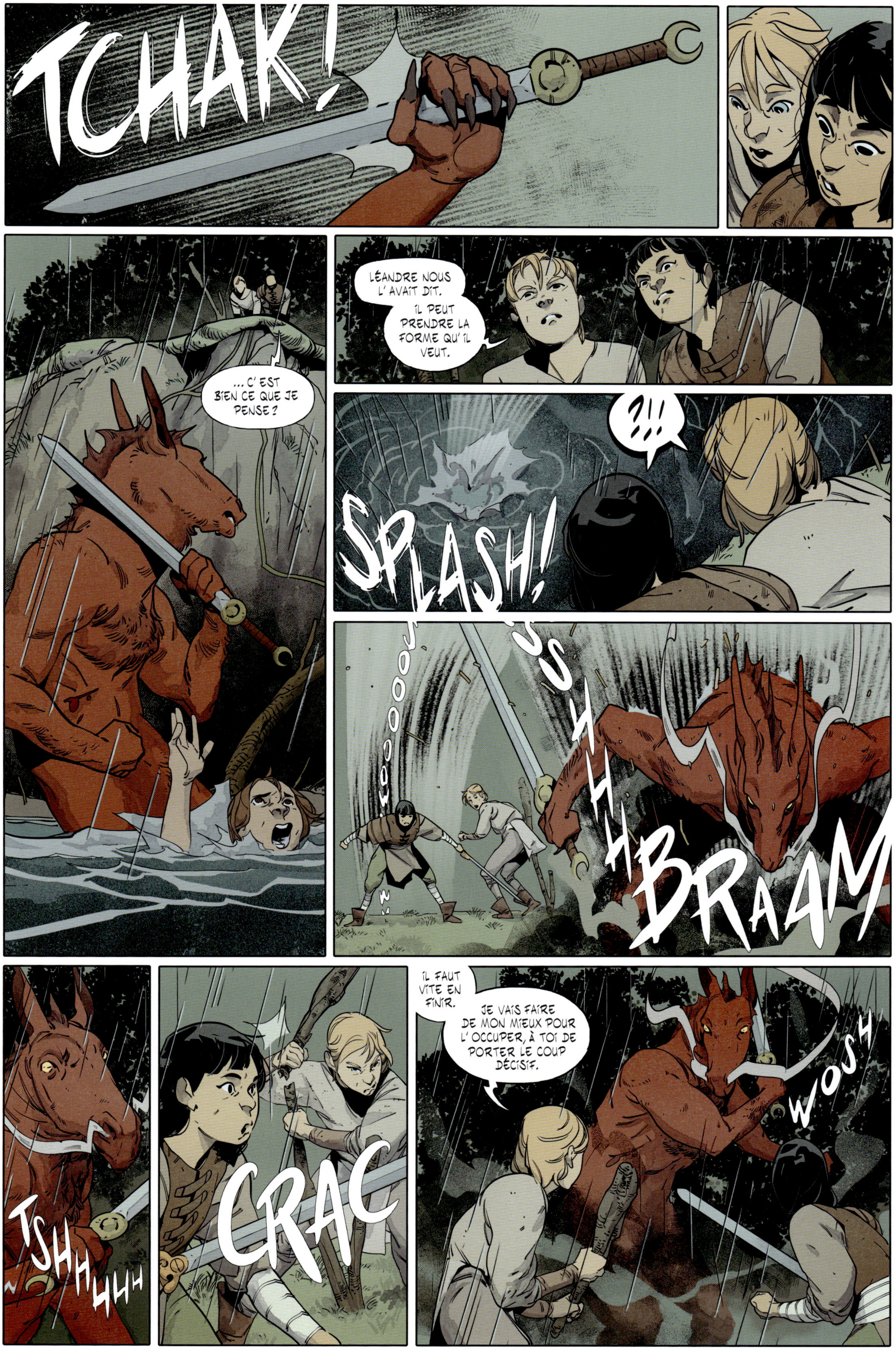
TCHAK!
LÉANDRE NOUS L'AVAIT DIT.
IL PEUT PRENDRE LA FORME QU'IL VEUT.
... C'EST BIEN CE QUE JE PENSE ?
?!!
SPLASH!
SSHHHH
BRAAM
TSHHHHH
CRAC
IL FAUT VITE EN FINIR.
JE VAIS FAIRE DE MON MIEUX POUR L'OCCUPER, À TOI DE PORTER LE COUP DÉCISIF.
WOSH

ALLEZ !!
KLANG !!
QU'EST-CE QUE TU ATTENDS ?
TU CROIS QUE JE VAIS TE SUPPLIER ? JE SUIS LÀ, DEVANT TOI.
UN JOUR TON MONDE SERA BALAYÉ. COMME LE MIEN.
TCHAK !
AH !
OH, J'AI TOUCHÉ UN POINT SENSIBLE?
J'AI ÉTÉ DURE MAIS JE PEUX ENCORE GUÉRIR TON OEIL, TU SAIS.
IL SERA...
J'Y VOIS ASSEZ DU GAUCHE.
KOF NE... N... GLLLL...
TON DIEU... A DIT QU'IL FALLAIT AIMER SON PROCHAIN, MÊME SES... ENNEMIS...
QU'IL ME PARDONNE.
CRAC

KLANG
PUNCH
BREEEEEEEE
SLASH
?!!
BIEN JOUÉ, IL N'EST PAS INVINCIBLE !
PAR LA MONTAGNE...
TAISEZ-VOUS DONC.

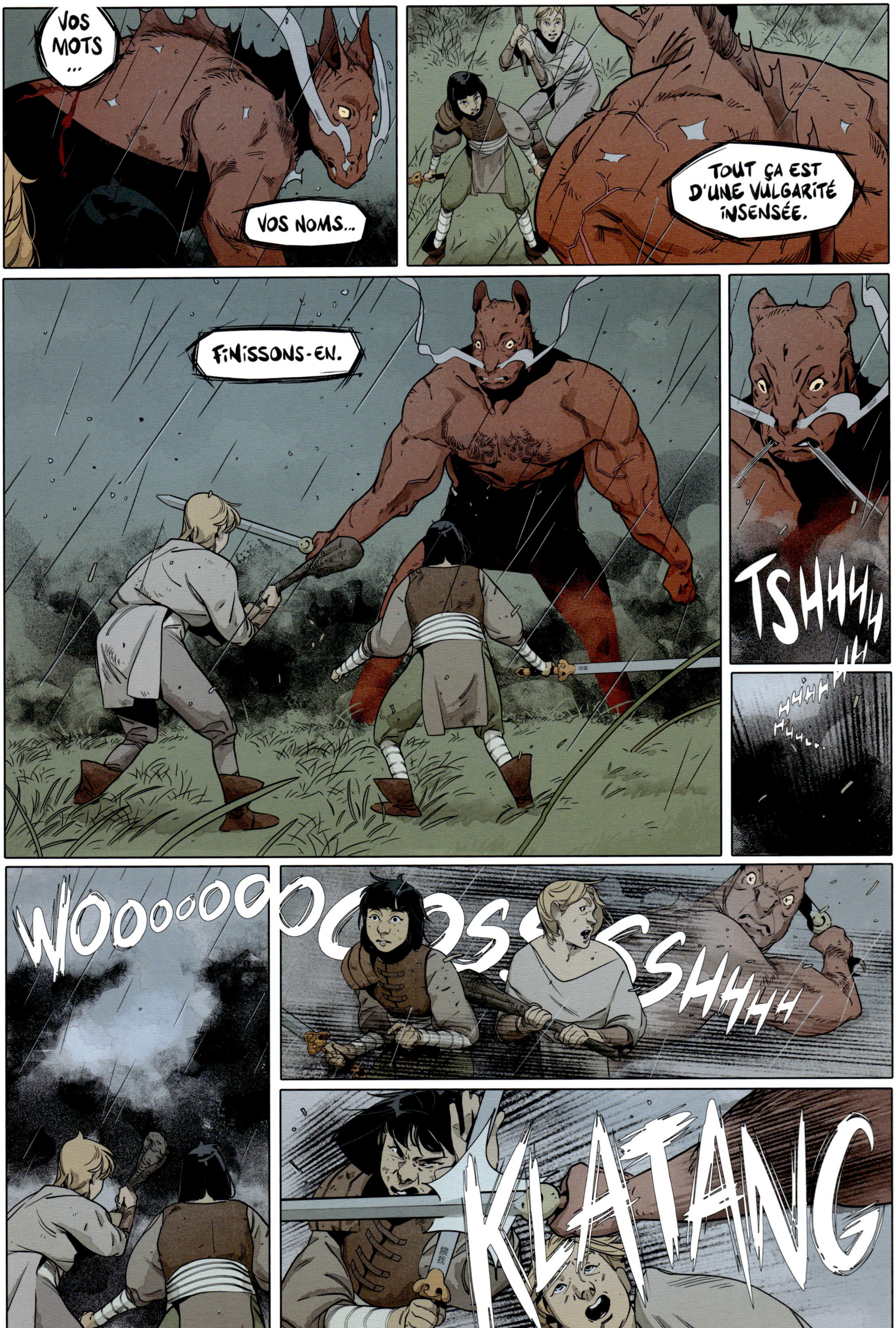
VOS MOTS ...
VOS NOMS...
TOUT ÇA EST D'UNE VULGARITÉ INSENSÉE.
FINISSONS-EN.
TSHHHHHH
HHHHHH HHHHH...
WOOOOOOOOOSSSSHHHHH
KLATANG

BROM BROM
CRRR RRR
AAHH...
JIAN ?
CE SONT...
ON NE POUVAIT PAS RESTER SANS RIEN FAIRE.
TIENS-TOI À MOI.
?

BROOOOOOOOOMMMMMM
MAINTENANT TU SAIS CE QUE ÇA FAIT.
PLOF
BHOM

TAK
TAK
TAK
?!!
RAAHH!!
TAK
TAK
AAAH !??
WOSH
TCHAK
HAAA!!!
RAAAHH!
TCHAK
AAAHH !!!
WHAM!!

AHH...
AAHH...
PENDANT UN INSTANT J'AI VRAIMENT EU PEUR.
ON POURRAIT TE CROIRE DES NÔTRES.
BBBR
ET CETTE ARME ÉTRANGE.
ELLE FERA UN BEAU TROPH...
RRSHRAAAKKKKSSSHH
!!!
VLOF!
SHHHHHHH...

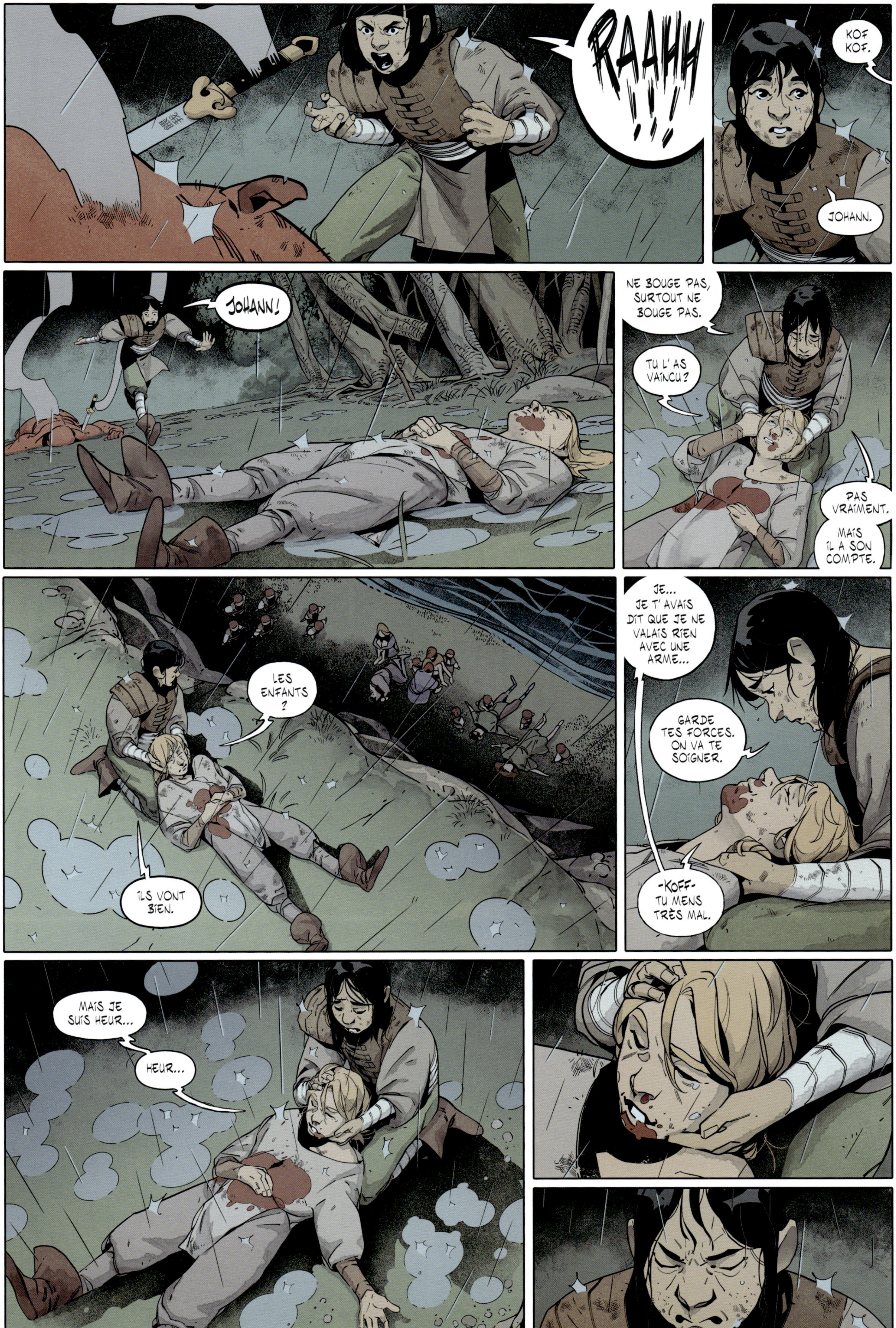
RAAHH !!!
KOF KOF.
JOHANN.
JOHANN !
NE BOUGE PAS, SURTOUT NE BOUGE PAS.
TU L'AS VAINCU ?
PAS VRAIMENT.
MAIS IL A SON COMPTE.
LES ENFANTS ?
ILS VONT BIEN.
JE... JE T'AVAIS DIT QUE JE NE VALAIS RIEN AVEC UNE ARME...
GARDE TES FORCES. ON VA TE SOIGNER.
-KOFF- TU MENS TRÈS MAL.
MAIS JE SUIS HEUR...
HEUR...

GUILLEN.
TU AS ÉVITÉ UNE TRAGÉDIE.
TU ES ENCORE PRÊT À NOUS AIDER ?
OUI... OUI.
ALORS TU VAS TE RENDRE UTILE.

C'EST DONC FINI ?
J'AI TUÉ LE DRAC, MON PÈRE A TUÉ LA SORCIÈRE.
VOUS N'AUREZ PLUS D'ENNUIS.
ET EUX?
NOUS VOULONS JUSTE VIVRE EN PAIX.
TROP DE GENS SONT MORTS.
PRIEZ LES DIEUX QUE VOUS VOULEZ, LAISSEZ-NOUS TRANQUILLES ET NOUS...
?
QU'EST-CE QUE VOUS FAITES?

NON, NE...
HA!
WHACK
GUILLEN !!
JIAN, ARRÊTE !!
AAHH...
WHACK
WHACK!
WHACK
HAAA!!
HAAA...
HAA...
HAAA...
TOUS.
NOUS LES TUERONS TOUS.
NOUS NETTOIERONS LA MONTAGNE DE CETTE ENGEANCE, JUSQU'AU DERNIER.

ET VOUS POURRIEZ NOUS AIDER.
?
VOUS AVEZ FAIT VOS PREUVES ET PAYÉ UN LOURD TRIBUT.
JE NE SAIS PAS SI UN DIEU VOUS A ENVOYÉS MAIS ENSEMBLE NOUS POURRONS PURIFIER CETTE TERRE.
QU'EN DITES-VOUS ?
NOUS AURIONS PU RESTER.
TU VOULAIS ACCEPTER LEUR OFFRE ?
JE VOULAIS QUE TU TE REPOSES.
JE SAIS QU'IL FAIT ENCORE JOUR, JE PEUX TE VOIR DEVANT MOI.
JE N'EN DEMANDE PAS PLUS.

...
J'ESPÈRE QUE TU N'AS PAS ÉCOUTÉ CE QUE CETTE SORCIÈRE ...
TU ES MON PÈRE. JE SAIS D'OÙ JE VIENS.
MOI NON PLUS JE N'EN DEMANDE PAS PLUS.
JE SUIS DÉSOLÉ POUR JOHANN.
MAIS NOUS AVONS FAIT DE NOTRE MIEUX. NOUS AVONS TUÉ CE MONSTRE.
PAR UN COUP DE CHANCE.
OU UN COUP DE POUCE.
J'AI VOULU PARTIR CAR ARBOGAST EST GUIDÉ PAR LA HAINE.
JE PEUX LE COMPRENDRE MAIS CE N'EST PAS CE QUE DIEU VEUT POUR NOUS.
QUE VEUT-IL ALORS ?
QUI PEUT LE DIRE ?
JE NE SAIS PAS CE QUE L'AVENIR NOUS RÉSERVE.
MAIS JE SAIS QUE DIEU A UN PROJET.
PEUT-ÊTRE A-T-IL BESOIN DE TES TALENTS.
PEUT-ÊTRE DEVIENDRAS-TU SON INSTRUMENT.